Тетяна та її перші пригоди по паралельних світах

Пролог

Казка може існувати разом з технічним прогресом.

Казка може завжди бути поруч, навіть якщо світ живе по законам космічної цивілізації, для якої польоти до сусідньої зірки – звичайна справа, а діти з народження отримують у подарунок живих роботів-трансформерів, які виконують роль янгола-захисника протягом усього життя свого хазяїна.

Світів багато. І серед них загубився один надзвичайний та яскравий. Світ космічної казки…

Розділ 1

- Я не знаю, з ким розділити свою печаль. – Промовила темноволоса дівчина років тринадцяти, торкаючись зображення крилатого єдинорога над своїми грудьми, сидячи на полу у темряві в великій кімнаті. – Може розповісти усе Олександру? Але чи зрозуміє він? Не мовчи, будь ласка, відповіси…

Раптом вся кімната заповнилася світлом, яке йшло з грудей дівчини - з того зображення крилатого єдинорога. Потім це зображення відокремилося від шкіри та застило на де-якій відстані. Єдиноріг поступово вставав об'ємним, поки зовсім не встав цілком реалістичним та вражаюче великим.

- Ти вибрав біо-форму на цей раз. – Прокоментувала побачене дівчинка.

- Тетянко, ти же знаєш, що я полюбляю більше живу, натуральну форму, аніж механічну. – Відповів єдиноріг.

- Ще ти міг предстати переді мною у вигляді маленької ляльки, яка вміє розмовляти. Вона теж жива та натуральна. Відносно. – Добавила Тетяна.

- Але не така зручна. – Промовив єдиноріг. – Ти мене кликала? Навіщо? Ти ж звичайно дуже рідко розмовляєш зі мною. Що трапилось?

- Я дізналася, що мої батьки… не мої батьки. Ні. Не зовсім. Не зовсім мої батьки. – Відповіла Тетяна.

- Що ти маєш на увазі?

- Я спробувала розповісти мамі про те, що бачу її минуле, ще до мого народження, а вона злякалася, замість того, щоб зрадіти моїм здібностям. Це мене здивувало. Я відчула в маминій реакції щось підозріле. І вирішила усе перевірити. Я затаїлася у кабінеті батька, коли мати його покликала на негайну розмову. – Розповіла Тетяна.

- І що ти з'ясувала? – Спитав єдиноріг.

- Я з'ясувала, Свифту, мій янголу-захиснику, що яйцеклітини моєї матері були дефектні. Зі спадковою хворобою мітохондрій. З маминої яйцеклітини витягнули ядерний матеріал і пересадили в здорову яйцеклітину донора (з якої було видалено її власний ядерний матеріал). Але це не все. Деякі відрізки ДНК були замінені на відрізки ДНК інших людей та, навіть, істот. Може, тварин. Лікарі, якщо вже взялися за діло, то хотіли зробити з мене щось особливе. З найкращими рисами. Ось і провели цю заміну. Звісно, зі згоди моїх батьків. А тепер мати боїться, що я успадкувала зі своїх батьків-донорів щось страшне. Ось чому вона не зраділа моїм здібностях, а тільки захвилювалася. – Пояснила Тетяна усе своєму єдинорогу Свифту.

- Але ж вони перевіряли донорів. – Промовив єдиноріг. – Нічого поганого не повинно було бути в ДНК донорів та в ДНК донора яйцеклітини, інакше вони не брали би участь в заміні. Не хвилюйся так. Усе стане на свої місця. Все буде добре.

- Але це не все. – Продовжила Тетяна. – Мій брат Альберт теж з'явився на світ подібним чином. Тільки донор яйцеклітини у нього – інша жінка. Чому це так – я не зрозуміла. Ось і виходить, що серед усіх наших біологічних батьків двоє – це точно наші мама та тато. Що тепер робити? Я все тепер знаю. Мої бачення підтверджуються реальними подіями. Що саме головне: подіями з мого життя. Ось так. Але і це не все. В наших ДНК з братом був використаний матеріал істот з інших планет. Ми з ним – деякого роду інопланетяни.

- Не засмучуйся, Тетяно. – Підбадьорив єдиноріг Свифт. – Важливо те, що ти тепер знаєш, що твої бачення – реальні, що це не ілюзія, не плід уяви, а справжні бачення людини, яку тепер можна назвати ясновидицею.

- Може так і є... - Погодилась Тетяна. – Але я не зовсім людина. І мій брат теж.

Раптом відкрилися двері. Та запалилося світло. Єдиноріг зник з простору і знову опинився над грудьми Тетяни у вигляді зображення, схожого на яскраву різнокольорову татуїровку. В кімнату зайшов хлопчик років п'яти.

- А що ти тут робиш? Та ще у темряві? – Спитав хлопчик. – Я тебе всюди шукаю. Нарешті я тебе знайшов.

- Альбертику, я розмовляла зі своїм захисником. – Відповіла Тетяна. – А навіщо ти мене шукав?

- Мені наснилися бабуся с дідусем. Я знову бачив ту мить, коли вони подарували тобі на твій день народження свій корабель, який дозволяє мандрувати через паралельні світи. Мені знову стало так сумно, що їх немає поруч, що вони покинули нас, скориставшись подібним кораблем, і зараз десь у якомусь паралельному Всесвіті живуть, забувши про нас. – Проговорив Альберт.

- Вони про нас не забули. Може, вони не можуть знайти дороги назад, додому. – Припустила Тетяна.

- Тоді треба їх знайти та повернути. – Запропонував Альберт. – Тільки тебе вони навчили керувати своїм винаходом. Тільки ти зможеш повести цей корабель, який зараз припадає пилом в твоїй майстерні.

- Мені поки-що не дозволять батьки робити такі ризиковані кроки. – Відповіла Тетяна.

- Але ж ніхто не дізнається. – Промовив Альберт.

- Дізнається, якщо я не зможу повернутися або буду відсутня тривалий час. – Підкреслила Тетяна.

- Таню, а чому твій захисник з тобою розмовляє, а мій дракон ще ніколи не виходив на зв'язок зі мною? – Спитав брат у сестри.

- Тому що в тебе ще не виникло ситуації, коли потрібна допомога захисника. Коли тобі буде важко, твій захисник обов'язково з тобою зв'яжеться. – Відповіла Тетяна.

- А тоді що у тебе трапилось таке серйозне, що твій захисник вирішив з тобою поговорити? – Захвилювався Альберт.

- Нічого такого страшного. Я тобі потім усе розкажу. Давай краще я тобі почитаю книжку. Але не в сучасному вигляді. Не з електронної книги, а візьмемо старовинну книгу, надруковану на папері понад тисячу років тому. – Запропонувала Тетяна.

- А як книга, якій понад тисячу років, зберіглася настільки, що її можна тримати в руках, щоб читати? – Здивувався Альберт.

- Ще тисячу років тому усі паперові, шкіряні, папірусові та інші книги обробили спеціальними засобами, щоб зберегти якомога найдовше, зробили електронні копії з них та залишили в подібних бібліотеках та кабінетах, як ця. – Пояснила Тетяна своєму молодшому брату. – Нам пощастило, що у батьків є така велика колекція старих книг у майже первісному виді. Вже давно не видають паперових книг. Лише електронні. Час великих бібліотек закінчився. Тільки у деяких є такі бібліотеки. Звісно, в державних установах вони теж залишилися. У більшості випадків заради інтер'єру, декорації чи екзотики. Зараз я щось виберу цікаве. – Тетяна підійшла до великої шафи та дістала якусь велику книгу. - Дивись. Казки… зараз відкрию першу сторінку. І почну.

Тетяна почала читати. Але Альберт чомусь почував себе не так зручно.

- Тетяно! Мені так нецікаво. Краще давай почитаємо книгу у звичному виді звичним способом. – Попрохав Альберт свою сестру.

- Добре. Але таким чином, як я читала тільки що, читало усе людство протягом кількох тисячоліть. – Тетяна закрила книгу та положила її на полку, з якої брала. Потім вона відійшла до середини кімнати, сіла на пухнастий килим, дістала з карману своєї сукні електронну книгу невеличкого формату, включила її та проговорила. – Я виберу об'ємний режим.

Коли Тетяна це сказала, вона доторкнулася до потрібних прозорих кнопок на самому екрані. Через декілька секунд з екрану полилося світло, яке у просторі оформило щось схоже на майже прозору книгу зі виблискуючими сторінками. Тетяна почала перегортати ці неіснуючі сторінки, які просто висіли у просторі, проникаючи руками в цю книгу. Таня почала читати. Герої зі сторінок казки з'являлися перед дітьми, виконуючи озвучені Тетяною дії. Майже як фільм. Читаєш – і тут же йдуть потрібні живі картинки, такі собі кадри з кіно. Але об'ємні та такі, що огортають глядачів своїм зображенням, проникаючи в них.

- Ось в такому виді мені подобаються книги. – Зробив висновки Альберт. – Я не розумію старих речей.

- Мені теж не подобаються старі речі. – Погодилася Тетяна. – Просто хотіла тобі показати, як воно було.

Ознайомити з історією. Прочитаю ще кілька сторінок – а потім спати.

- Добре. – Промовив Альберт.

«- Може мені і справді спробувати політати на кораблі дідуся? – Замислилася Тетяна. – Ніхто ж не дізнається, якщо я повернуся дуже швидко»

Тетяна з Альбертом дочитали казку. Потім Тетяна спитала:

- Помалюєш трошки?

- Так. – Відповів Альберт.

Тетяна провела кілька разів по екрану електронної книги, а потім віддала її Альберту.

- Малюй. – Запропонувала вона.

- Дякую. – Прошепотів Альберт.

- Я себе не можу уявити без цієї електронної книги, яка може бути книгою, аркушем для малювання з різними кольорів олівців та фарб і блокнотом для записів. Але ж раніше цього не було. Просто не існувало. – Поміркувала Тетяна.

- Раніше і нас не було. – Добавив Альберт.

- Тобі ж лише п'ять років! А ти робив такі дорослі висновки! – Захопилася Тетяна своїм братом. – Молодець! В тебе є розум.

- У всіх є розум. Тільки у одних він малий, а в інших великий. А ось с однаковим розумом по об'єму все одно розмірковують по-різному. Мені теж подобається моя електронна книга. Я постійно вмикаю її, коли хочу послухати якусь казку. Але я хочу, щоб мої батьки частіше читали мені самі. – Висловив своє побажання Альберт.

- Батьки дуже зайняті. Це дуже важка справа керувати Асоціацією Зоряних Систем. Батьки мало часу можуть присвячувати нам. Зате у мене є електронна книга, за допомогою якої я читаю, малюю та записую свої думки. В будь-якому випадку вона стає мені в нагоді. Я нікому це не розповідала, а тобі скажу. Я мрію стати письменником. Але не таким, як більшість, книжки яких мало хто купує. Я хочу стати таким письменником, якого будуть читати у всьому Всесвіті. – Поділилася своїми думками Тетяна.

- А про що ти будеш писати? – Спитав Альберт.

- Я ще не знаю. Може, щось психологічне. – Відповіла Тетяна.

- А що таке психологічне? – Здивувався Альберт.

- Це… про те, чому людина поступила так, а не інакше. Про хвилювання та емоції. Це спроба пояснити, чому немає у когось щастя у житті. Про те, як треба себе змінити, щоб це щастя прийшло. Це для того, щоб розуміти інших. - Спробувала пояснити Тетяна.

- Це нудно. Пиши краще про світи, яких не існує. – Попросив Альберт свою сестру. – Казки усім подобаються. І дорослим, і дітям.

- Добре. – Погодилася Тетяна. – Казки для дорослих – це фантастика та фентезі. Мабуть, я краще буду писати казки для дітей, тому що сама дитина. Все? Помалював? Підемо лягати спати?

- Так. – Відповів Альберт.

- Ось і добре. Вимикай книгу. – Попрохала Тетяна. – Давай мені.

Тетяна положила свою улюблену річ собі у карман.

- Тепер швиденько спати. – Тетяна взяла брата за руку. – Підемо?

- Підемо, авжеж. – Слухняно Альберт пішов разом зі своєю старшою сестрою довгим коридором.

- Зараз тебе вкладемо у ліжечко. – Проговорила Тетяна, коли вони вже стояли біля дверей кімнати Альберта. – Заходь, будь ласка.

Тетяна відкрила двері, щоб зайшов брат у свою кімнату.

- Можна я посплю з тобою сьогодні? – Спитав Альберт.

- Ні. Спи в своєму затишному ліжку. Я можу побути в твоїй кімнаті, поки ти не заснеш. А потім піду. – Відповіла Тетяна.

- Не йди, будь ласка, коли я засну. Залишися. Я тебе дуже прошу. Я маленький, а ліжечко велике. Помістимося удвох. – Умовляв Альберт.

- Добре. Залишуся. Я посплю на дивані. А ти – у своєму ліжку. Але я буду поруч с тобою. Зроби свої водні процедури, обов'язкові перед сном, тобі допоможе твій робот-няня, а потім в ліжечко спати. – Покомандувала Тетяна. – Я тебе почекаю. А потім, коли ти закінчиш свої справи, я піду до себе, там дещо зроблю та скоро повернуся. Коли я буду відсутня, з тобою побуде та пограє твоя няня.

- Цей робот? – Альберт показав на робота, який стояв поруч та чекав наказів. – З ним нецікаво мені. З тобою у тисячі разів краще.

- Ну, все! Час іде. Давай я тобі допоможу, щоб ти справився швидше. Заходь у ванну кімнату. Ось так. Зроби те, що роблять перед сном, щоб постіль була сухенькою. Почистив зубки? Добре. А тепер у ліжечко. Я на двадцять хвилин відійду та обов'язково повернуся. – Пообіцяла Тетяна і вийшла з кімнати брата.

«- Я спробую. Я політаю. Але не сьогодні. Треба виспатися. Краще робити ризиковані справи бадьорим та несонним. – Подумала Тетяна. – Я відчуваю, що дуже хочу побувати в різних світах. Може там знайду частку себе, яку постійно мені не вистачає. Мене постійно туди щось кличе, але це я зрозуміла тільки зараз»

Розділ 2

- Добридень! – Поздоровався хлопець, який стояв на порозі. – Тетяна дома?

- Привіт, Олександру. – Відповіла гарна жінка. – Тетяна в своїй кімнаті, вона чекає на тебе. А… ось і Тетяна.

Таня швиденько спускалася по сходам.

- Мамо, я погуляю с Олександром. Я на вечерю не прийду. – Промовила Тетяна. – Ми поїмо в моїй майстерні. Я куплю піцу в найближчому магазині.

- Ну… домашня їжа краще. Не зловживай піцою. – Повчила мати. – Добре. Але в дев'ять щоб була вдома.

Тетяна схватила Олександра за руку та побігла з ним до своєї майстерні.

- Чому ти так поспішаєш? – Спитав Олександр.

- У нас мало часу. – Відповіла Тетяна.

- Для чого? – Здивувався Олександр.

- Для поїздки. Нас чекає неймовірна подорож. – Проговорила Тетяна.

- Куди? – Не розумів нічого хлопець.

- Побачиш. – Відповіла дівчина.

Олександр був однолітком Тетяни. Вони познайомилися ще у дитячому садку. Хоча вони вчилися в різних школах

(Олександр був таким собі невизнаним генієм, який полюбляв науку, а Тетяна вчилася в школі з посиленим вивченням мистецтва), але постійно були разом після занять.

Підлітки вже стояли в просторій майстерні.

- Зараз я це включу – і потраплю в інший світ. – Промовила Тетяна, сідая в якусь дивну машину.

- Тобі ж не можна. Тобі не дозволяли поки що керувати цією машиною. – Захвилювався Олександр.

- Ти зі мною? Чи зараз побіжиш усе розказувати моїм батькам? – Спитала Тетяна. Олександр стояв і мовчав. – Я на п'ять хвилин. Тільки туди і назад. Я можу і сама, якщо ти не хочеш. Ми не будемо нікуди іти. Тільки постоїмо на місці. Та подивимося. На усе. На інший світ.

- Ну, добре. Але на п'ять хвилин. – Погодився Олександр.

- Ось і добре. Сідай. – Запропонувала Тетяна. – Зараз усе настрою. Треба вибрати місце. Бачиш цю карту зоряного неба? Зеленим виділені екзо-планети, на яких безпечно знаходитись. З точки зору умов перебування. А що нас чекає з точки зору доброзичливості та гостинності істот, які живуть на цих планетах, - це побачимо на власні очі та відчуємо на собі. Як говорять, перевіримо методом тику. Я хочу на цю планету. – Тетяна показала пальцем на великій прозорій панелі, яка розташовувалась прямо перед їх очима. – Це перша планета, на якій був мій дідусь. Одна її сторона постійно знаходиться у темряві, бо якимсь дивним чином обертається навколо зірки з системи з трьох зірок, тому на цій темній стороні сніг, лід. Завдяки цьому темрява не така темна, бо сніг відбиває світло з іншої сторони планети, яка постійно знаходиться під прямими променями своєї зірки, та отримує далеке світло двох інших зірок. Отже на іншій стороні – пустеля. Сядемо на умовній границі темряви з льодом та яскравої пустелі.

- Добре. Тільки машина буде герметично закрита на будь-який випадок? – Захвилювався Олександр.

- Не хвилюйся. Машина нас захистить від будь-яких перепадів температури, тиску та від радіації. – Заспокоїла Тетяна. – Я готова. Герметично закриваю усі шлюзи. І – полетіли!

Розділ 3

- Не можу повірити… - Прошепотів Олександр. – Це неймовірно. Це фантастика.

- А я знала, що так буде. Там пекуча пустеля. А ось тут освітлена темрява. – Прокоментувала Тетяна. – Дивись у небо! Як це гарно, коли в небі аж три зірки, виконуючих роль сонця.

- Гарно, але не практично. – Поправив Олександр Тетяну.

- Чому? – Спитала Тетяна.

- Тому що траєкторія планети не постійна, не гармонічна. Дві інші зірки постійно порушують, коливають орбіту планети навколо її зірки, так називаємого Сонця. Це жити, як на вулкані, - не знаєш, коли вибухне. – Пояснив Олександр.

- Та годі тобі. Все одно гарно. – Образилась Тетяна.

- Коли ми будемо повертатися? Думаю, п'ять хвилин все вийшли. – Помітив Олександр.

- Вийшли. Зараз повернемося на свою планету. – З досадою відповіла Тетяна.

Через кілька хвилин Тетяна з Олександром дивились на стіни майстерні.

- Я можу встигнути на вечерю. – Промовила Тетяна.

- Побудь зі мною ще деякий час. – Попрохав Олександр.

Тетяна подивилась на Олександра. Усміхнулася. А потім раптом несподівано поцілувала Олександра.

- Ти що робиш? – Здивувався Олександр.

Тетяна почервоніла. А потім спробувала пояснити.

- Ти ж сам мене зараз це дуже сильно просив зробити. Аж в голові досі чутно твій голос, який прохає: поцілуй мене, поцілуй. – Здивувалась Тетяна. – Що я зробила не так?

- Ні. Ти зробила все так, як треба. – Відповів Олександр. – Але я тебе цього не просив. Вголос не просив… лише у думках. Ти прочитала мої думки…

- Ось воно що… - Тетяна замислилася.

- Що? – Спитав Олександр.

- Ні. Нічого. – Відповіла Тетяна. – Ось і телепатія проявилася.

- Що? Ти про що? – Здивувався Олександр.

- Ні про що. Ти нікому не розповідай, що в мене є здібності телепатії. – Попросила Тетяна. А потім добавила. – Я і не знала, що ти в мене закоханий. Я думала – ми хороші… дуже хороші друзі. А воно ось що… Не хвилюйся, я нікому не розповім твою таємницю. Я про твоє велике та єдине кохання на все життя. А ти не розповідай про мої здібності.

Олександр не міг поворушитися віз здивування.

- Розслабся та не хвилюйся. І перестань мене соромитися. Адже смішно соромитися своєї майбутньої дружини. Стій. Не смій непритомніти. Я ж не говорю, що весілля буде зараз. Коли нам буде по двадцять років, ось тоді, може, і одружимося. Я бачу, що раніше цього не буде. Ми ще дуже молоді, щоб сім'ю свою заводити саме зараз. – Наговорила стільки всього Тетяна, що Олександр все таки втратив на мить розум, впавши в обійми своєї майбутньої дружини. – Тобі вже краще?

- Так. Краще. Щось трохи запаморочилося в голові. – Відповів Олександр. – А чому ти думаєш, що ми з тобою одружимося? Я ще тобі не пропонував одружитися… Але якщо ти хочеш, можемо і одружитися. Хоч зараз. Тільки нам цього поки не дозволять. Зарано ще.

- Я це бачу. Бачу майбутнє. Тільки це ще одна таємниця. Домовилися? – Тетяна подивилася на Олександра. – Ти тепер знаєш і зберігаєш дві мої таємниці. Домовилися?

- Домовилися. – Погодився Олександр.

Розділ 4

«- Я хочу перевірити одну планету, про яку мені залишив дідусь дивні розповіді. – Подумала Тетяна. Вона була одна в майстерні. – Дідусь говорив про планету Земля, на якій мене чекає щось неймовірне. Він просив, щоб я на Землю літала сама і виходила з корабля, приймаючи форму невидимки як для машини, так і для себе. Дуже цікаво. Ось координати, які мені залишив дідусь. Він говорив, що я потраплю в країну Україна, в місто Запоріжжя. І там мене чека. Сюрприз. Зараз ми це перевіримо»

Тетяна вже запустила свою машину і опинилася на окраїні міста. Вона вже була в режимі невидимки, тому ніхто не побачив її появи. Ані машини, а ні самої дівчини не було видно.

Тетяна швиденько вийшла з машини та направилась по заданим координатам. Її тіло було прозорим. А думки переповнювали увесь розум.

Ось Тетяна підійшла до дев'ятиповерхового будинку, побудованому більше тридцяти років тому, та завмерла на місці. Біля будинку гуляла вона, але на вигляд тридцяти років, з дитиною. Ні! Це ж її брат, Альберт. Але йому трохи більше року. Цього не може бути!

Тетяна трохи послідкувала за своєю копією та дізналась, що її теж зовуть Тетяна, а хлопчика – теж зовуть Альберт.

«- Це ж треба… В якомусь паралельному світі живе моя копія, яка мене трохи старше. І з нею копія мого брата, який в цьому світі мені не брат, а рідний син. – Поміркувала Тетяна. – Дійсно, дивно… Мені пора додому. Там мене чекає мій Альберт. Мій рідний братику Альберт. Як я хочу тебе обняти, як ця жінка обнімає свого сина. Мені раптом стало тебе не вистачати»

Розділ 5

Коли Тетяна повернулася, вона що сили побігла додому та попрямувала до кімнати брата. Відкривши двері в дитячу кімнату, вона підійшла до брата, який щось конструював, та міцно його обняла.

- Я тебе люблю, братику. – Прошепотіла Тетяна.

- Я теж тебе люблю. – Проговорив Альберт.

Розділ 6

- Пам'ятаєш, Альбертику, ти говорив, що я можу пошукати дідуся с бабусею. Ти пропонував зараз користуватися машиною, яку мені подарував дідусь. – Почала розмову Тетяна. – Так ось. Я мандрую. Я подорожую у просторі. Поки тільки у просторі. Я можу тебе взяти з собою в одну таку подорож. Хочеш?

- Звичайно хочу! – Вигукнув Альберт. – А куди?

- Спочатку я тобі покажу планету Земля. – Відповіла Тетяна своєму брату. – А потім й інші світи. Ну, що? Готовий? Тоді пішли. Тільки батькам не розповідай.

Тетяна повела брата до своєї майстерні.

- Ти дуже маленький, я зараз буду відповідати за твою безпеку. Тому ми почнемо подорож з безпечної планети, а інші мандрівки залишимо на потім, коли ти підростеш. А беру тебе з умовою, що ти усю подорож, коли ми прибудемо на іншу планету, будеш увесь час мовчати, щоб нас не видати. Я зроблю нас невидимками. Тому нас ніхто бачити не буде. І цю машину ніхто не побачить. Я зможу її тільки відчути, коли натисну на свій пульт-браслет. Я буду тримати тебе за руку чи держати на руках, щоб я тебе не втратила в цьому режимі. Хоча оцей браслет, - Тетяна одягла брату щось на руку, - допоможе тебе відчути та знайти. На крайній випадок я зроблю тебе видимим – і легко тебе відшукаю. Готовий до подорожі?

- Так. – Відповів Альберт.

- Тоді – тримайся!

Через мить вони були на місці. Тетяна повела брата, тримаючи його за руку, на дитячий майданчик, на якому вже гралися жінка з дитиною. Але вони зупинилися трохи подалі від самого майданчика.

- Це ж... - Почав було говорити Альберт.

- Ти ж обіцяв мовчати, тцс... - Зупинила Тетяна Альберта. – Якщо хочеш щось сказати, говори шепотом.

- Це ж ми з тобою. – Прошепотів Альберт. – Тільки віку іншого. Як це таке буває?

- Це паралельний світ. Виходить, що в одному з паралельних світів ми теж існуємо, навіть з нашими з тобою іменами. Але не як брат і сестра, а як мати та її синочок. Тому ця жінка набагато старше хлопчика. Ти ж бачиш, різниця більша, ніж у нас з тобою. – Пояснила шепотом Тетяна. – Трохи тут побудемо – і додому на вечерю.

- Вони нас зовсім не бачать? – Спитав Альберт.

- В даному режимі не бачать. Але чути можуть. Тому веди себе тихесенько. – Попросила Тетяна брата.

Тетяна з Альбертом простояли десь хвилин п'ятнадцять, а потім попрямували до своєї чарівної машини, яка увесь цей час була на режимі невидимки. Тетяна за допомогою свого пульта-браслета відшукала цю машину, на дотик знайшла двері та разом з Альбертом, якого увесь цей час тримала за руку, сіла у машину. Закрила двері, поставила їх на блокування – і діти вирушили додому на вечерю.

Альберт з Тетяною знову опинилися в майстерні. Але їх вже чекали.

- Олександр... - Здивовано проговорила Тетяна.

- Я прийшов у гості до своєї нареченої. – Промовив Олександр. – Виявилося, що її не було там, де мені сказали шукати.

- Тетяно, до якої нареченої? Олександр одружується? З ким? – Спитав Альберт.

- Зі мною. Але це жартома. – Пояснила Тетяна Альберту. – Ми з Олександром грали в цю гру.

- А якщо вас будуть шукати батьки, що ви їм скажете? Де були? – Запитав Олександр.

- Я не можу відповісти на це. Доведеться тобі нас прикривати. – Відповіла Тетяна.

- Ладно. Подивимося. – Погодився Олександр. – Але тільки тоді, коли дам згоду на це божевілля.

- Ось і домовились. Пішли, повечеряємо разом. – Запропонувала Тетяна.

- Дякую, але я вже повечеряв. Я тебе почекаю в твоїй майстерні. – Сказав Олександр.

- Тільки не чіпай машину. – Попередила Тетяна.

- Нічого зі мною не станеться. Не хвилюйся. Нічого чіпати не збираюсь. – Заспокоїв Олександр Тетяну.

Альберт з Тетяною пішли, а Олександр сів в саму машину, відкинув голову та задрімав. Через деякий час хлопець уві сні змінив положення і випадково зачепив кілька важелів. Машина раптом закрилася. Олександр від такого шуму одразу прокинувся. Але було вже пізно. Зображення поплило, перетворившись на білі хвилясті смуги.

Розділ 7

А потім все. Тиша. Бездіяльність, спокій.

І раптом якесь чудовисько вкусило машину, зробивши в ній велику дірку, та дістало Олександра. Він навіть не встиг зрозуміти, у чому справа.

- Захиснику, прийди до мене. – Заблагав Олександр.

- Я не можу. – Відповіло зображення собаки над грудьми Олександра. – Мене не пускає те, що чудовисько тримає тебе за груди в тому місці, де я знаходжусь. Треба почекати.

Чудовисько принесло Олександра на якійсь смітник та кинуло його у величезну яму. Поки він летів, зображення з грудей Олександра перетворилося на величезного робота-трансформера, який кинув сітку, щоб спіймати падаючого у безодню хлопця.

- Дякую, Річарду! – Крикнув Олександр трансформеру. – Віднеси мене до тієї машини, з якої мене викрав цей звір.

- Слухаюсь, хазяїне. – Промовив трансформер-пес на ім'я Ричард. І в ту ж мить вдарив чудовисько, яке намагалося несподівано напасти на нього.

Чудовисько відлетіло дуже далеко від місця подій.

Робот-пес швиденько перетворився на літак, в затишному кріслі якого сидів пілот-новачок Олександр.

Літак тримав курс на пошук машини, через яку мандрівники опинилися в цьому дивному місці.

До речі, про дивне місце, в якому застрягли ці двоє…

Навкруги усе було синім. Блискучим синім. Гарно, але не дружньо. Зі всіх сторін лунав рев.

Коли Ричард та Олексій прибули до місця, де була та доленосна машина, там вже копошилися інші такі ж монстрі, як той, що викрав Олександра.

- Я не вмію керувати тією машиною. – Прокоментував Олександр. – Зараз марно в її сідати, при тому, що ці чудовиська можуть мене вбити. Почекаємо поки в небі над цим місцем.

- Добре, хазяїне. – Відповів трансформер-собака.

- Дивись, Ричарде, у них зірка голубого кольору. Через це все здається більш синім. А все таки з точки зору художника тут гарно. Можна й картини писати. Особливо з тих невеликих пагорбків. – Замислився Олександр. – А як же нас знайде Тетяна? Невже ми тут опинилися навіки?

- Я можу тебе, хазяїне, відвести сам додому через Космос по прямій траєкторії. Але це займе тридцять років. При максимальній швидкості. Але в мене не має запасу їжі для вас. Енергію я можу брати з зірок. А ось їжу я ніде не знайду для тебе, хазяїне. – Відповів Ричард.

- Застрягли. – Підсумував Олександр. – Нічого. Ми почекаємо і щось придумаємо. Ці ж істоти щось їдять. Може і мені підійде.

А тим часом в небі зірка покинула свій пост, а замість неї з'явилось два великих природніх супутника. Настала ніч.

Розділ 8

- Олександру, де ти? – Гукала Тетяна. – Так… моя машина в активній фазі. Що ж ти накоїв, друже? Так, подивимось на траєкторію. Ясно. Ну ти і вибрав місце для мандрівок.

Тетяна сіла в машину та рушила в дорогу.

Розділ 9

- Дивись, машина світиться. – Проговорив Олександр.

Через мить в неї сиділа Тетяна.

Чудовиська намагалися прокусити скло та інші поверхні, але раптом їх стало кидати від машини, ніби їх вдарило струмом. Потім машина уся оновилася – і від пошкоджень не залишилося й сліду.

Чудовиська з вереском побігли хто куди, подалі від машини.

Ричард приземлився на поверхню. Тетяна відкрила машину. Олександр вискочив з літака-трансформера та сів у машину. Трансформер знову перетворився на зображення над грудями Олександра.

Машина зачинилася. І зникла з поля зору.

Розділ 10

- Як ти мене злякав. – Промовила Тетяна. – Ти не уявляєш, як я за тебе злякалася.

- Ти не уявляєш, як я злякався! Просто жак. – Прокоментував Олександр. – Я тобі зараз усе розповім.

І Олександр усе розповів з самого початку.

- Може, ще одну подорож? – Запропонувала Тетяна. – Але вибираю я. ти вже вибрав якесь пекельне місце.

- Може іншим разом. – Відповів Олександр.

- Ладно. Згодна. Відпочивай. Поки що.

Пошуки дому
Пролог

Ми знали, що так відбудеться. Знали ще за місяць до катастрофи. Про це нас попередив один цокнутий вчений. І у нього був друг екстрасенс.

Цей екстрасенс говорив, що бачить, що «відчуває шкірою» те, що повинне відбутися. Він знав.

Він дізнався раніше інших про цю катастрофу.

Шкода, що не дожив ясновидець до старту нашого корабля.

Земля досягла одночасно свого піку розвитку і самознищення.

Люди добилися свого. Вони йшли до цього моменту рік за роком, день за днем. Сторіччями людство саме наближало свій руйнівний кінець.

Але були люди, які завжди любили всім своїм серцем нашу блакитну планету. Завзято переживали за неї і хворіли за кожен біль цієї легко-уселенської кульки.

Серед таких людей був і наш цокнутий учений.

Він - незвичайна особа!

Цей хлопець придумав план, як врятуватися. Фантастичний, нереальний. Але йому повірили. Не всі. Звичайно. Тільки деякі. Дуже небагато.

Цим планом ми і скористалися…

У нас був вибір, про який ми не знали.

А потім опинилося – це було єдиним правильним рішенням.

Отже, зараз рік 2 тисячі триста… Та вже і не важливо. Тієї цивілізації, для якої це б мало значення, більше немає. Є тільки декілька врятованих десятків чоловік… Що вижили…

Хіба ми зможемо створити нову цивілізацію?

Нас дуже мало…

І так… Я починаю свій черговий щоденник.

Рік створення цього щоденника – перший рік нашого космічного життя. Звичайно, мої написані рядки ніхто не засудить: як пишеться, так і пишу. Пожартую: буду самозваним літописцем.

Ось... продовжую...

Рухаємося ми від планети Земля у пошуках нового дому. Ми шукаємо нову планету. Є одна ідея, але поки погано продумана вченими і у нас не було часу її розвивати. І тим більше перевіряти цю інформацію.

Та і нам втрачати-то нічого.

Якщо чесно, це єдиний варіант, єдиний наш шанс врятуватися.

Поки тут всі так думають.

Жити можна. Тільки що на нас чекає? Умови ніби такі ж. Решту різноманітності побачимо на місці.

- Привіт! Що робиш? Завела новий щоденник? Коли ти встигла, любителька щоденників! Пішли на капітановий місток. Ми вже близько. Пропустиш все видовище. Там вже всі зібралися. Не вистачає тільки тебе.

Подруга непомітно з'явилася в кімнаті, я навіть не відразу відреагувала на стукіт в двері.

- Я зараз. Почекай, – закінчивши, я швидко попрямувала до виходу.

Розділ 1

Ось ми стоїмо на капітановому містку і зачаровано спостерігаємо, як наближаємося до красивої і білосніжної планети. Серце просто виривається з грудей з бажанням вольного польоту, не взмозі усмирити хвилювання.

Ось воно! Знайомство з новим домом.

- Приготувалися! Всі по своїх місцях! Посадка буде жорстка! – Кричав капітал Вадим. – Приготувалися. Відключити автопілот! Ліза! Управляй посадкою! Давай! Почали!- 10, 9, 8, 7, 6, 5, 4, 3, 2, 1 ...

Входимо в шари атмосфери! Лівіше давай! Дивися! Та обережніше ж ти! Нам ще цей шматок металобрухту може пригодіться в нагоді, якщо знадобиться покинути ці землі обітовані!

Нас трясло несамовито. Навколо були виблискуючі білі скелі. Такі гострі... Ой, що це? Зараз вріжемося! Хух... пролетіли. Та хіба так можна управляти? Ще одне! Господдддіїіїї!.. Знову пронесло! Та і гаряче стало. Ну і посадка.

- Славік! Підготуй команду. Треба спуститися і спробувати своїми ногами. Та жартую. Жартую. Спочатку все перевіримо, а потім спустимося, якщо це можливо. Але підготуй команду! Навіщо втрачати час? Та і не терпиться. – Давав розпорядження капітан.

Знову я в своїй каюті.

І взялася за улюблене заняття – писання та записування своїх думок.

«Посадка пройшла успішно. Сьогодні всі підготувалися для виходу на нову планету.

Вивчали нашу реакцію на чуже повітря, на світло незнайомого сонця. Завтра (вирішили перенести вихід) будуть перші глотки інопланетного повітря. Датчики показують, що повітря дуже сильно схоже на земне. Нам дуже повезло. Сподіваюся, це везіння продовжиться довго.

Планета з неба – це просто казка. Я знала, що вона біла. Але не думала, що настільки. Цей сліпучий білий колір… так вабить, зачаровує… Ніколи такого не бачила. І три зірки поряд.

Як ця планета вмудряється обертатися відразу навколо трьох зірок? А де ж закони фізики?

Це дивно!

На цій планеті немає жодної темної плями. Напевно, там і життя білого кольору. А під променями зірок цей білий колір переливається білосніжними тонами. Красотіще немислиме!

Планета (ми це раніше дізнавалися, коли готувалися до такого серйозного польоту і збирали потрібну інформація для вибору маршруту) трохи більше нашої Землі. І води більше. Але вода тільки прісна. І більше всього її зібрано на полюсах, як і на інших планетах. У формі льоду.

Можу з упевненістю сказати (жартую): на білій планеті все повинно бути білим!

Решту новин потім розповім».

Гаразд, мені пора. Перерва закінчилася. Пора за роботу. Треба підготуватися до виходу в нове життя або до входження в новий дім».

Закривши товстий зошит, я акуратно поклала його ровненько в скриньку столу. І пішла на роботу.

Проходячи по коридору, бачу, як всі зайняті своєю справою.

- Привіт! Завтра воно саме? Готовий до виходу? – запитала я.

- Звичайно, готовий. Не можу дочекатися.

- Нічого, працюй, думай про роботу - і час швидко пройде. Не відмітиш.

- Точно!

Повернувшись на своє робоче місце, я поглинулася роботою.

Наш космічний корабель був побудований в рекордні терміни. Були використані останні розробки майже у всіх областях наук.

Корабель харчується енергією зірок - зовнішній шар стінок покритий сонячними батареями. Отже енергія і потужність у цього величезного корабля буде завжди.

Нам повезло, що в ідею Вадима повірила одна дуже багата людина. Він виділив кошти і звільнив свій завод, примусивши своїх робочих працювати над цим проектом (у наш час умовити можна було тільки великою зарплатою і страшно зрозумілими доводами, що це потрібно для нашого ж майбутнього!).

Цих робочих з їх сім'ями директор теж узяв з собою. Спонсор міг брати з собою всіх, кого захотів, але ретельно вибираючи. Адже судно обмежене в розмірах – воно негумове.

У нашу створену конструкцію вся Земля поміститися не змогла б.

Були відібрані зразки деяких видів, що мешкали на Землі. Вони потрапили на космічний корабель в замороженому стані.

На зоряному судні є свій сад, який забезпечує нас впродовж всієї поїздки свіжими овочами і фруктами. Ну і, найголовніше, киснем.

На новій планеті повинне бути повітря (це показали дослідження і розрахунки), близьке до нашого, звичного повітря. Може, легко дихатимемо вітрами чужої планети, яка повинна стати нам нашим новим домом. І забудемо, яким же було старе, земне повітря?

Нам страшно повезло, що, наближаючись до загибелі рідної планети, ми знайшли інше небесне тіло, яке може нас поселити.

Віримо в краще. Будемо готові до гіршого. І мріємо про прекрасне.

Я працюю на кораблі інженером. Де, яка ідея – там я. Такий прекрасний і юний фахівець. Звичайно, я себе розхвалюю, але жартома. Насправді я помічник головного інженера на кораблі. Я і цією посадою горджуся. Коли-небудь все одно наберуся досвіду і стану відучим, все знаючим інженером.

Я в дитинстві мріяла, крім всіх інших бажань, стати вчителем математики. Але час пройшов. А, відповідно, все змінилося. Бажання і смаки теж. І я вибрала технічний університет, тому що мені як і раніше подобалася математика і фізика, але хотіла сама розвиватися, вчитися день за днем, а не передавати щодня свої знання. Я вибрала, як мені тоді здавалося, серйозну справу, важливу, потрібну, яка скрізь прігодіться в нагоді.

Вивчившись, стала інженером. Влаштувалася працювати на якомусь убитому заводі, який десяток років тримався на волоску або якось на плаву утримувався. Цей завод виготовляв радіолокаційну техніку.

Я прийшла по напряму. Узяла напрям з університету. І прийшла з цим документом влаштовуватися.

Коли прийшла, були зроблені дзвінки в приймальні. Мене ніде не брали. Хоча начальники відділів мене навіть і не бачили, і не чули. Їм всім потрібні були хлопці як працівники.

Дівчат не сильно в цьому дарують.

Це була перша спроба після отримання диплома. До цього я працювала, але не за фахом.

Врешті-решт мене узяли на роботу на цьому заводі. Мені повинні були знайти роботу в цій організації – у мене ж був напрям на руках, що зобов'язувало мені надати робоче місце.

Я особливо не виблискувала технічними знаннями і здібностями в конструюванні. Але досвід отримала. Потім повірила в казку і опинилася на цьому фантастичному кораблі. Працюю тут, як і всі.

Наш капітан – у прямому розумінні «ботанік»: зосереджена людина, розумна і талановита, трохи замкнута в собі, помішана на захопленнях, роботі і неактивний в діалогах, мовчазний, що скоріше слухає, та так, що часто не розумієш, чи слухає він тебе або на своїй хвилі, в своїй голові. Може, паралельно думає про своє, а я тут розпинаюся в порожню, сама з собою розмовляючи.

- Що робиш?

- Працюю. -- Відповіла я, виправляючи креслення деталі потрібного для корабля пристрою.

Мені завжди подобалася техніка. Мене захоплювала серйозність точних наук. Я вважала точні науки тим, що мені потрібне. Я завжди захоплено читала технічну і наукову літературу. Для мене слово «технар» звучало значніше за слово «гуманітарій». Я сміялася над цим визначенням - гуманітарій. А дарма. Сама ж справжнісінький гуманітарій, сама того не розуміла. Якщо точніше, незрозумілий гібрид гуманітарія з технарем: любов до точного злилася з творчістю в гуманітарній сфері, переповнившись нездатністю бути геніальним конструктором (хоч би його подібністю). Працюю інженером, виконую роботу, але без талановитих стрибків вперед.

- Допоможеш мені? Мені тут треба розмістити цей елемент. У тебе є розмітка для його кріплення і габарити? Як думаєш, поміститься?

- Давай порахуємо... зазор ще є. Поміститься.

- Хто узяв диск з кріпленням?

- Бери. Мені поки не треба.

- Я швидко подивлюся. Мені ненадовго.

- Яким катітом тут зробити зварку?

- Бери котить 4.

- У мене креслення зависло. Знову проблеми в мережі. Ну скільки можна! Це вже дістало! Чим там наші програмісти займаються? Нічого не роблять! Якщо б я так працював!

Активно йшла робота по конструюванню нового блоку. Звичайна обстановка у відділі. Буває і голосніше, і галасливіше. Робота є робота. Будуть завжди присутні спори, незадоволеність, навчання молодих і втома старших.

Все одно треба роботу зробити в строк. Як би там не було. Затягнемо розробку – підведемо інших. А цього робити не потрібно.

На кораблі є житлові відсіки. У них розташовуються кімнати для нашого проживання – для житла. Є робочі – в них розміщені наші офіси, серед яких і наш конструкторський відділ.

Є невеликі цехи – так само в окремому відсіку. Там виробництво ведеться за допомогою дорогого і сучасного устаткування за допомогою останніх розробок і досягнень. Якби були зараз на Землі, можна було б сказати: останній крик моди в технологіях.

Завершуючі зітхання збиткових підприємств залишилися там, в старому домі – на нашій рідній планеті. А тут з собою тільки краще і перспективніше. А як же інакше? По-іншому не можна.

«Щоб вижити – умій крутитися».

Розділ 2

Шлюзи відкриті. Збираємося (у скафандрі) вступити на нову територію. «Там де ще не вступала нога людини». Смішно звучить. Але це зараз відбудеться. І подія украй важлива для всіх нас.

Все відрепетирувано і відпрацьовано. Залишилося тільки зіграти свою роль в цій справі.

Нас, кого вирішили відібрати для першої висадки, небагато. Чоловік п'ять. Кожен фахівець в якійсь сфері, ще до того ж молоді (старші туди неохоче захотіли йти першими) і із здоров'ям більш і менш. Ну і, звичайно ж, наш капітан – Вадим. Ось така смілива п'ятірка. Якби писала в аське – додала б всміхнений смайлік, що моргає очима.

Мене звуть Тетяна. Зі мною в команді: Валентин, Максим, Дарина. І капітан.

Вадим – програміст, учений, геній, хлопець, що швидко навчається і серйозний. З дитинства захоплений створенням будь-якої апаратури, польотами, літаками, програмуванням, радіотехнікою, переможець дитячих конкурсів по створенню пристроїв.

Вадим – людина поступлива, уважна, добра, спокійна. Володіє приємною зовнішністю: високий, худий шатен із зеленими очима. Йому років 29. Тільки став стійко на ноги: пропрацював декілька років головним програмістом в комп'ютерній фірмі по створенню комп'ютерних ігор. NetAves – так називається ця фірма. А зараз ось капітан на космічному кораблі. І вся надія на нього.

Валентин – все прощаючий хлопець, ні на що не ображається, любить міняти наряди, займатися своїм тілом, що ніяк не визначився у виборі своєї дівчини, а тому любить всіх, що жіночого роду. Жодна дівчина не може добитися його розташування. Одна заговорила, що хоче заміж і дітей –

отримала розрив відносин. Інша намагалася його завоювати – стала нецікава. Він же – мисливець, хоче сам завойовувати. Третя недостатньо красива (це він так вважає), хоча вона володіє прекрасною фігурою і приваблива. Четверта чомусь не та, хоча розумна, красива, добра і була зацікавлена Валентином. Тільки по одній дівчині страждав, яка була заміжньою. Навколо стільки дівчати – ніяк йому не догодиш.

Валентин захоплюється тренажерами, постійно тренується, качається. У нас він в ролі тілохранителя, захисника, охоронця.

Максим – дуже-дуже, ну просто взагалі мовчазна людина. Спокійно займається своєю роботою. І нікуди не лізе. Відповідно хороший співбесідник: постійно мовчить і слухає. Дружина у нього така ж мовчазна. Вони навіть, коли зустрічалися, гуляли мовчки. І познайомилися вони на роботі, де обидва працювали. Ось так настільки схожі люди воззʼєднувалися.

Максим на кораблі працює кораблебудівником і начальником цеху. Його дружина – учений в одній вузькій сфері.

Дарина – весела, цікава і розумна дівчина. Математик, захоплюється компʼютерною графікою, живописом, фантастикою, мріє написати книгу.

Дарина стрибала колись з моста з канатом, заплативши за цю розвагу. Ось така екстрімалка, любителька адреналіну. Займалася салсой (таким видом любовних парних танців), добре фізично підготовлена. У нас на кораблі працює як особистий тренер всіх охочих.

Даша ще інші виконує обовʼязки: проводить математичні розрахунки, займається суспільною діяльністю.

І ще вона – хороша подруга, весела і жартівлива. На життя дивиться через усмішку.

Пора нам спускатися. Поки все йде добре. Як за планом.

Першим вилетів в реактивному скафандрі капітан. За ним всі інші.

Пролетіли декілька кілометрів. Потім повернулися і залишилися біля корабля.

Вирішили опуститися на землю. Вона гладка і біла. Жодної плямочки. Вдалині видніються скелі. І вони здаються такими ж гладкими.

Датчики не виявили в повітрі нічого небезпечного для нашого дихання. Можна зняти шоломи.

- Ліза? – Звернувся капітан до помічниці на кораблі. – Зв'язок хороший? Перевір ще раз: чи загрожує нам що-небудь в повітрі? Чи можу я зняти шлем?

- Перевіряю. Комп'ютер показує: нічого небезпечного для нашого існування не немає. Я думаю, знімайте сміливо, капітан!

Капітан Вадим зняв шолом і, трохи пробуючи по відчуттям, трішки вдихнув повітря цієї планети. А потім, як би скучивши по рідному повітрю, з жадністю почав дихати повними грудьми.

- Давно я не дихав настільки чистим і свіжим повітрям. На Землі сторіччями його перепсували заводами, вихлопними газами і вирубкою лісів. Яка насолода дихати незайманим людською хімією повітрям!!!

Всі інші тут же поспішили зняти з себе шоломи і вдихнути чогось нового.

Так, повітря навіть солодкувате на смак. Хіба таке буває?

Вадим віддав шолом Валентину. Протягнув руки Максиму.

- Зніми, будь ласка.

Знявши рукавички із захисного матеріалу, капітан спробував опуститися на землю. Насилу опустившись, почав обмацувати поверхню. Роздивляючись і чіпаючи все, що було поряд, він уважно вивчав це, як маленька дитина. Тільки одна різниця: дитина відразу все бере в рот - спробувати на смак, а наш людський екземпляр все примірив на око, розглядав.

- Я думаю, пора повертатися на корабель. Завтра сюди повернемося. Тільки вже без скафандрів. А для цього треба ще краще підготуватися.

Давно я не знаходилася в такому відкритому просторі. А зараз стою і насолоджуюся, як далеко можна поглянути своїми очима, без телескопів, без чого-небудь схожого на ці пристрої. Я відчуваю себе в центрі величезної системи координат. І як би я не дивилася удалину – я не бачу межі всьому цьому! Обожнюю знаходитися на величезній відкритій порожній території і спостерігати, як схожі предмети зменшуються пропорційно збільшенню відстані від мене до цих природних деталей. А в місті мені подобалося дивитися на перспективу будинків, що зменшувалися: я стою біля величезної будівлі, а там, вдалині схожа будівля уміщається в мою витягнуту долоню. Красотіще!

Мої роздуми перебив голос Вадима:

- Ліза! Ми повертаємося. Зустрічайте нас.

Розділ 3

«- Так, хто у нас в мережі? Капітан, Юля, Даша» – Роздумую, зайшовши в мережу, щоб поспілкуватися.

- Привіт! Як справи? Чим займаєшся? – пише капітан.

- Шукаю щось цікаве. Сміливо ти сьогодні. Не страшно було?

- Та ні, не дуже. Які плани на вечір? Зайдеш до мене? Кіно подивимося.

- Давай потім. – відповіла я.

- Добре.

Вийшовши з мережі, узялася за читання електронної книги. Якщо вибирати між романом і фізикою, я обов'язково виберу читання фізики. Мені подобається складна література, повчальна. Я її називаю: корисна. Але романи теж треба читати: у них думки людей, емоції, відносини між людьми, історії з життя, вчинки, які ми потім не зробимо в своєму житті, побачивши, до чого такий вчинок приводить на чужому прикладі. На прикладі з романа. Романи теж іноді дуже хочеться почитати. А знання придбати - ще більше. Читаючи складну літературу, здається, що мозок чимось наповнюється. Потім таке приємне відчуття. А романи реалізовують тебе в плані емоцій. Але не завжди. Деякі читаєш, так і хочеться зробити все по-іншому, на місці героя поступити інакше. А герой здійснює помилки. І я, врешті-решт, незадоволена героєм, книгою і засмучена, що закінчення книги ось таке, а я б кінець змінила. Але не можу – я ж не автор того романа.

Читаю, але не читається. Хочеться емоції. Але не прочитати про них. А самій випробувати, самій відчути.

Заходжу в мережу, а капітана в мережі вже немає. Може подзвонити? А раптом вже спить? Та ні, ми ж тільки що спілкувалися. Хвилин десять тому. Ще не встиг. Принаймні, не повинен був встигнути. Нічого. Хай скаже в трубку все, що про мене думає, якщо розбуджу.

Дзвоню. Декілька гудків. Напевно спить. Зриваю дзвінок. Розгублена. Тут мені дзвінок.

- Навіщо дзвонила?

- Я до тебе прийду. Зараз.

- Я тебе чекаю.

У поспіху намагаюся красивіше причесати волосся, підфарбувала губи, переодягнула брюки на коротку спідницю.

Ми давно знайомі і завжди нормально спілкувалися. І зараз між нами набагато більше, ніж дружба. Ми трошки зустрічаємося. Три місяці вже це продовжується.

У капітана до мене давно нікого не було. З своєю останньою дівчиною вони розлучилися рік тому. А у мене вже як більше року до знайомства з Вадимом ніяк не везло в любовних відносинах.

Раніше відшивала тих, хто намагався зближуватися. Була захоплена навчанням, хобі-захопленнями, саморозвитком. Намагалася реалізувати себе. І особливо в плані хобі хотіла добитися якихось результатів. Ніби багато зроблено. Навчання закінчила. Вже працювала. Від всіх обов'язків і завершень давно відійшла. Була сама по собі: працювала, отримувала зарплату, відпочивала, гуляла по місту, а ось щось не вистачало. Було жадання емоцій, провождєнія вільного часу з улюбленою людиною. І, врешті-решт: любові! Кохання не вистачало. Що обпалює! Пристрасного! Що перехоплює дихання!

Ось і почала робити якісь спроби. При тому, були вони рішучими. Але, напевно, не на тих звертала увагу. Ну і добре. Потім познайомилася з капітаном, через нього з цим проектом – побудувати корабель і відлетіти далеко-далеко.

Ми познайомилися через інтернет. На сайті знайомств. Спілкувалися через світову мережу. Не відразу зустрілися. А потім вже все почалося: гуляли, спілкувалися, за ручку трималися, обнімалися. Все начебто йшло до серйозних відносин, але поки що не дійшло до них. Мало часу. Та і зайняті були обидва. І переживали за своє майбутнє. А зараз трохи все утряслося.

Підходжу до дверей кімнати капітана. Стукаю.

Вадим з такою радістю відкриває двері. Обіймає мене. І так ніжно і довго цілує моє обличчя.

Закриває двері. На замок. Сідаємо. Небагато говоримо. Я встаю розглянути, як облаштована його кімната. Він підходить до мене ззаду. Цілує вушко. Обіймає. Сідає і тягне мене за собою. Садить собі на коліна. Руки плавно переходять під кофту. Пестять спину і намагаються охопити більше. Продовжуємо цілуватися.

Як я давно цього чекала! Такий прекрасний хлопець. І буде моїм!

Вадим мене зачарував всім: розумом, зовнішністю. Мені завжди подобалися хлопці високі і худі. А розум мене завжди взбуджував і взбудораджував.

У нас на кораблі за планом щороку проходить стерилізація. Так безпечніше.

Люди залишаються діторідними, тому що стерилізація робиться новими методами і розрахована тільки на рік. Якщо хтось захоче дитину – досить не зробити стерилізацію наступного року і працювати (фізично) над створенням потомства.

Але першу стерилізацію зробили ми всі разом в обов'язковому порядку: такі були правила при вступі на борт космічного корабля. Ми ж не знали, що чекати від нашого шляху до нового дому і як нас прийме цей новоспечений дім.

Якщо всі умови нам підійдуть, ми зможемо розселитися на знайденій планеті – будь ласка, народжуйте дітей і живіть, виховуючи їх.

А поки потрібна команда, готова до всього, а не зайнята вихованням дітей, годуванням, недоспавша із-за криків малюків, вимагаючих уваги та їсти, - із-за чого можуть бути помилки в управлінні космічного судна і в самій роботі на ньому.

Руки Вадима вже пестять груди під кофтою.

- Почекай. – Сказала я.

Зняла кофту. Все, що було під кофтою. Ласки продовжилися.

Вадим спробував зняти спідницю. Я допомогла. Тепер я почала роздягати його. Виявившись повністю голими, ми пристрасно пестили один одного. Тепер він увійшов до мене. Це було чудово! Вадим так міцно мене обіймав. А я його ще сильніше.

Танець любові закінчений. Залишилися насолода і втома.

Час йде. А ми залишаємося лежати нерухомо.

- Я піду. Мені пора.

- Приходь завтра до мене.

- Завтра ні. Давай потім вирішимо.

Я одягаюся, Вадим слідом за мною натягує свій одяг.

- Я пішла.

- Приходь завтра.

Я пішла і тепер лежу в своєму ліжку в своїй кімнаті і все по черзі згадую.

Розділ 4

Машина-робот для вивчення поверхні планети знаходиться вже декілька днів на території цієї білої планети. Наш робот вивчав місцевість в радіусі 10 км. від стоянки нашого корабля. Пора йому рухатися далі.

А ми погуляємо там, де він вже побував.

У планах: машина-робот обшукує нову територію, а ми йдемо слідом за нею. І шукаємо, як би нам тут розселитися, щоб покинути космічний корабель.

Ми хочемо обійти всю планету, але обійти не у прямому розумінні. У нас теж свої машини, в яких можна і переночувати у разі чого, і захиститися. Але ми постійно зупинятимемося. Брати зразки. І передавати дані на корабель. Ми спробуємо знайти хоч якісь значніші дані, більш, ніж що віддалено нагадують життя. Може вдасться знайти бактерії, грибок і інше в зразках породи, яку зібрав наш робот планетоходец.

Збираємося сьогодні вийти на поверхню вже без скафандрів на декілька годин.

Перевіряються наші показники, реакція на все, що оточуватиме. Якщо все буде благополучно, зберемо експедицію – і в шлях. З Богом! Як мовиться і як віриться.

- Привіт! Чим займаєшся? – Подзвонила Вадиму.

- Танюша, привіт! Збираюся на роботу. Побачимося після роботи? Приходь. Я тебе чекаю.

- Вдалого тобі виходу на поверхню. Подивимося. Може, зайду.

Робочий день пройшов як завжди. Нічого особливого.

Вадим виходив на поверхню для збору зразків разом з Аркадієм. Вони один одного знають з дитинства. Їх дружба триває десь 25 років.

Аркадій – хлопець міцної статури, від роботи на будівництві свого часу наростив хороші м'язи. Він здатний однією рукою утримати ящик горілки. Любить музику. Пише музику, довгий час працював ді-джєєм в нічних клубах. Так званим гостем - це коли ді-джей працює в одному клубі одну ніч, як би на запрошення. Аркадій одружений на Тамарі. Вони з Тамарою були знайомі 13 років, а потім одружилися.

Робота закінчена. І ось сиджу в своїй кімнаті. Знову щось не вистачає. Вдень не наситилася. Знову не вистачає емоцій. А їх так хочеться. Вадим же мене запрошував. Самотньо якось. Може піти до нього? Або книгу почитати. Так, що у нас є. Не читається. Нудно.

Беру трубку телефону:

- Я до тебе зараз прийду.

- Чекаю тебе. – Відповів Вадим.

Ось я стою біля дверей капітана. Стукаюся. Мені Вадим відкриває і з такою радістю обіймає. Сценарій минулої ночі повторюється: зірвані речі один з одного, гарячі об'ятія, пристрасні поцілунки, непристойні ласки і стислі долоні один одного на піке насолоди.

- Залишся. Не йди. – Попросив Вадим.

Я поставила будильник раніше. Мені ж треба ще встигнути прийняти ванну та переодягнутися в інший одяг. А цей одяг ж в моїй кімнаті.

Прокинулася. Одягнулася і попрощалася. Новий робочий день буде складним. Треба підготуватися. День буде присвячений зборам для тривалого виходу на поверхню планети.

Чим це все закінчиться – невідомо. Виходити з корабля будемо я і Вадим, і ще декілька чоловік. А що, якщо ми один одного втратимо? Це наша остання ніч на кораблі перед таким тривалим завданням на поверхні планети.

Робочий час пролетів швидко, непомітно.

Страшно перед невідомістю.

Я знову в своїй кімнаті. Завтра вихід на планету. Може не треба. Ні, я подзвоню.

Я беру трубку і говорю:

- Я до тебе прийду.

- Я тебе дуже чекаю.

Ось ми лежимо на ліжку і мовчимо. Вадим включив музику. Енігма. Загадка – переклад з англійської мови.

Я подивилася на нього. Я хотіла сказати, але мені було важко. Я тихенько сказала: я тебе люблю.

Мовчання.

- Ти хочеш, щоб я щось відповів?

- Можеш не відповідати. Я сказала, тому що захотіла це сказати, а не для того, щоб отримати відповідь.

- Ти мені дуже подобаєшся. Але я не можу поки це ж сказати.

Настав ранок. Ми вже стоїмо на капітановому містку. Вислуховуємо останнє розпорядження капітана.

Я їхатиму в тій же машині, що і капітан, оскільки ми зустрічаємося. Це було побажання капітана. Ніхто і не сперечався з ним.

- Ти достатньо узяла їжі? – Запитав мене капітан.

- Так.

- Візьми ще більше. – Попросив Вадим.

- Навіщо?

- Мені це потрібно.

- Добре.

Ми всі підготувалися і слідуємо до виходу.

Все. Пора.

Розділ 5

Ми стоїмо на поверхні планети. Я це небесне тіло називатиму Біла планета. Наукова назва дуже складно у вимові. Тому я просто назву її так – Біла планета.

У подорож узяли сімейні пари і тих, хто зустрічається. В цілях безпеки. І так цікавіше, і спокійніше за своїх других половинок. І якщо ми не зможемо повернутися назад – то продовжимо рід людський самі з тих, хто є. Звичайно, нас повинні будуть знайти, але хіба мало.. Раптом пристрої ушкодяться і у нас, і на кораблі – і ми цілу вічність шукатимемо один одного.

Аналіз грунту показав, що тут повинні бути присутніми рослини, ось тільки де?

Пролітаючи, ми бачили щось схоже на оазиси рослинності серед білої пустелі. Але тільки не змогли їх засікти. Прилади їх не зафіксували. Приблизно знаємо, а де конкретно – незрозуміло. Але рухаємося в тому напрямі.

І так нас десятеро. Я і капітан. І дві сімейні пари: Максим і Ксюша, Аркадій і Тамара. І ще пари, які зустрічаються: Валентин і Настя (недавно почали відносини), Дарина і Павло.

Звичайно, на кораблі теж залишилися сімейні пари, які у разі нашої пропажі легко продовжать рід людський.

Ми слідуватимемо за роботом, який вже пішов за сотні кілометрів від нас, вивідуючи все наперед, щоб ми благополучно слідували в своєму відповідальному шляху.

Ми рухатимемося до рослинності, намагаючись пристосуватися до цієї землі і до цього місця існування, спробувавши щось виростити своє на цьому грунті і покуштувавши їжу цієї планети.

Рослини, які ми веземо з собою, були наперед модифіковані під ці умови, щоб вони змогли вирости в умовах і грунті Білої планети.

Залишається тільки це посадити на волі, не в пробірці, і скуштувати смак невідомого.

Був прекрасний початок дня …

Ми вже збиралися розміститися по машинах, як Вадим мене покликав:

- Танюшечко…- Ніхто мене так не називав, окрім нього. – Сонечко... я тебе люблю …

Як легко це було почути. Як вільно стало тепер. Це було те, що мені потрібне.

Вадим продовжив:

- Я боявся ще раз відкрити своє серце. Я його закрив, щоб більше ніхто не міг його ранити. Я боявся полюбити ще раз. Я не впускав думки, що люблю. А ти своїм признанням зруйнувала стіну, за якою я ховав свої відчуття. Я проганяв думки, що люблю. А зараз можна сміливо любити, тому що ти мене любиш. Якщо б ти не призналася, я б далі намагався стримуватися, не впускаючи любов в своє серце, щоб знову його не поранили. Ти своєю любов'ю запалила мою любов. Спасибі тобі за це. Я тебе люблю!

Нам вже пора. Сідаємо в машини і рушаємо в цікавий незвіданий шлях!

Вадим дав мені покермувати.

У мене є права на водіння. Але я менше їздила, чим Вадим. Але він мені довіряє, пускає за кермо, щоб я тренувалася і не втрачала навики.

Навколо одна біла пустеля!!!

Але вона прекрасна! Красу ж можна знайти у всьому!

Пригадала: я якось розмістила фотографію на художньому сайті, на якій сфотографувала залиту водою вже промиту гречану крупу. Деякі зернятка відразу спливли і ніяк не опускалися. Вони утворювали якийсь цікавий малюнок, що нагадує шматочки знаків зодіаку. Узори постійно виходили самі по собі, коли я готувала гречку. Але я нарешті вирішила це сфотографувати. І мені написали коментар: «Треба ж, Тетяна! Ви навіть в каструлі красу бачите!».

Отже я бачу красу у всьому. І милуюся нею.

В даному випадку – цією прекрасною білою пустелею!

Скільки часу пройшло – не зрозуміла, поки не подивилася на годинник. Ого! Пора Вадиму сідати за кермо. Камери показують, що наш робот планетоходец все ще не знайшов жоден оазис. Шкода.

Рухаємося далі.

Час йде виснажливо. Пейзажі залишаються тими самими. Суцільна одноманітність. Я втомилася. Та і всі вже втомилися.

Нарешті Вадим оголошує про зупинку.

- Відпочинемо тут і поїдемо далі. – Скомандував капітан.

- Так, ніштяк. – Сказав Аркадій, що вже вийшов з машини і подавав руку своїй дружині Тамарі.

- Нічого собі подорож! – Підтримала Дарина висновки Аркадія.

В цей час Валентин допомагав вилазити з машини Насті, стараючись якомога більше і ощутімєє до неї доторкнутися. Так… голодний хлопець… коли ж у нього все дійсно вийде?

А на цій планеті вогонь не горить. Він відразу гасне. Готувати можна на дзеркалах, таким чином, розігріваючи їжу.

Поїли і почали в об'ятіях сидіти, роздумуючи на різні теми.

Хто припускав, що буде. Хто згадував своє життя, коли був на Землі. Хто думав про тих, хто залишився. І чому не вдалося їх умовити?

Несподівано просигналили прилади небезпекою. Ми схопилися, побігли по своїх місцях в машини. Не встигнувши добігти, як мимо нас щось пролетіло блискавично і обліло крижаною водою.

- Що це?

- Що за чудиська?

Забігши в машини, ми проглянули записи камер. Особливо на повільному режимі. І жахнулися з одночасною радістю: це було щось схоже на нашого земного дракона (якого бачили на китайських зображеннях), але не такого, дивного… дійсно дивного… Але ми ж на чужій незвіданій планеті!

Чого тут дивного?

Він так швидко пролетів, що ми не встигли його навіть помітити, не те, щоб побачити!

Чому ми його не побачили при скануванні поверхні? Коли наближалися до планети? Може, вони ховаються в горах або під землею? І рідко покидають свої притулки?

Гаразд. Поживемо – побачимо. Зате з'явилася нова загадка.

Якщо тут мешкають такі великі тварини, може, тоді ми знайдемо і як би людей на цій планеті?

Нам треба боятися їх? Тому що вони не захочуть з нами ділити свою територію? Або треба радіти несподіваній можливості?

Насторожує і заманює одночасно цей висновок. Висновок такий: тут можуть бути люди.

Люди… Які вони? Монстри? Або такі, як ми? Але ми ж теж в якійсь мірі монстри, раз погубили свою планету і весь рослинний і тваринний світ!

Нічого: ще один крок до невідомості. Справимося, як завжди справлялися. І житимемо далі. У радості і в спокої.

Розділ 6

Ми провели в дорозі по білій пустелі декілька днів, майже тиждень. Доба на цій планеті триває 28 годин і 33 хвилини по нашому старому часу – земному. Але щоб себе не утрудняти, ми вже не згадуємо про 24 години - ми відразу перейшли на новий час.

Робот виявив оазис і нарешті ми до нього дійшли.

Це чудово. Ми знову опинилися в казці, що розбурхувала та дивувала мозок.

Вигляд нагадує засипану товстим шаром снігу, що переливається, природу України. Неначе застиглі засніжені і одночасно обмерзлі дерева. Але це не зовсім дерева. Крона схожа на наші звичні види. Але замість віток і листя на вітках ми бачимо неначе лапки павуків, довгі, тонкі, високі. Дивишся: і точно: це ж великі білі павуки, що мають початок із землі, прив'язані до поверхні. Може, можна було сказати, що це уривки з фільмів жахів, - але ні, вони прекрасні! Ці дерева, ці лапки павуків прекрасні! Білі, оксамитові, такі, що переливаються на світлу, навіть деякі пухнасті!

Скажу просто: мені дуже подобається! І я не можу відірвати свій погляд від такої краси!

І навколо багато-багато білих квітів! Обожнюю білі квіти! Особливо білі троянди. Але троянд тут немає. Зате є якісь дивні квіточки, схожі на товсті дзвіночки, волохаті, з якимсь пушком. Пелюстки дійсно дуже товсті. Але все виглядає єдиним цілим, гармонійним.

У природи по-іншому просто не може бути!

Я не утрималася: відразу підбігла до першої квіточки. Але вчасно зупинилася. Просканувала його, тримаючи прилад напроти квітки, прилад вивів звіт: безпечно, небезпеки в собі не несе, не містить отрути.

І тоді з радістю я доторкнулася пальцем до чашки квітки – ой, що це? Чому?

Квітка відразу перекинулася на землю, неначе в той же момент пов'яла.

Я до іншої квітки доторкнулася так само – знову повторилося...

Дивно,... невже вони вмирають від дотику? Спробую ще раз, але вже за стеблинку візьму... Узяла! Жива квітка!

Команда в цей час ходила уздовж гілок (лапок павуків) дерев, роздивляючись все з подивом. А ось Валентин зайшов у всередину дерева, укутався гілками, як пишним шарфом, і будував з себе порнозірку. А Настя голосно реготала.

Аркадій пішов у всередину цього оазису. Тамара поспішила за ним.

Вадим залишився біля машин. Його щось насторожувало.

Капітан щось настроював, перевіряв, дивився спантеличено на панель приладів.

- Мої прилади зашкалюють, неначе поряд якесь могутнє джерело радіовипромінювання. – Крикнув капітан.

Дарина підійшла і хотіла чимось допомогти.

Тут чуємо захоплений крик Аркадія:

- Сюди! Сюди! Йдіть сюди!

Ми поспішили на його крик.

О! Ооого! У міжгір'ї землі пробивався маленький фонтанчик, що слабо б'є водою. Ця вода тоненькими цівками розтікалася в тріщинах поверхні на невеликі відстані і просочувалася в землю. Коріння всіх дерев йшло по поверхні, десь занурюючись в неї, але всі вони наближалися до цього джерела. Цей маленький фонтан давав життя всім цим величезним деревам.

- Красотіще!

- Це незвичайно!

- Як зворушливо!

- Як піднесено!

- Такий маленький – і всім дає життя!

- Це так… чудово… навіть вимовляється з придихом…

Всі стояли і не сміли поворушитися, так зачаровано спостерігаючи за цією дією.

Є те, за чим можна спостерігати вічно. Це правило трьох (подруга колись розповідала, та і від інших джерел доходило): можна дивитися вічно на те, як горить вогонь, як тече вода і як працює інша людина.

Ось і ми дивилися, не відриваючись.

Несподівано скомандував капітан:

- Знайшли те, що шукали, - молодці. Тепер за роботу!

Робота полягала в посадці привезених з собою зразків рослинності (особливо представників нашого кухонного столу – запаси все одно ж колись закінчаться, а їсти хочеться завжди), адаптованих для цих умов.

Чекати доведеться не довго: наш біолог Павло «чарівною рукою» (довгою виснажливою роботою) створив види, які ростуть за добу і дають величезний урожай.

Ми всі дружно зайнялися городною справою.

Возилися в землі, спілкувалися, жартували, підколювали один одного, дратували один одного, що схожі на агрономів, що комусь з народження не призначено вирощувати рослини, що хтось не достатньо спритний.

Загалом, день провели насичено і в такому ж насиченому спілкуванні і швидкому темпі.

Після вечері пішли відпочивати, залишивши чергового. Кожен наступний змінює попереднього через кожні дві години.

Моє чергування випало на ранок, перед самим світанком.

Ось ми в своїй машині, вже все розстелили, всі справи зробили і лягли спати.

- Я тебе люблю. – Сказав мені Вадим.
- Я тебе люблю. – Відповіла я.

У наших відносинах з часом так складеться, що замість «надобраніч», ми один одному завжди говоритимемо «я тебе люблю». І засинаємо. За весь цей час, коли вже обопільно призналися один одному, ми тільки іноді говоритимемо один одному «на добраніч». Натомість завжди на ніч «я тебе люблю». І пробудження відрізняється цим же: замість прийнятого «доброго ранку» у нас з Вадимом буде прийнятий «я тебе люблю». Мені це подобається. Це особливі слова, а не звичайні, побиті фрази: «на добраніч», «доброго ранку». У нас з Вадимом все по-іншому, чим у інших.

Вадим з моменту наших відносин не допускав після сварок при розставанні на якийсь час і при засипанні, щоб це відбувалося без примирення. Вадим всіма силами завжди намагався помиритися, а лише потім ми засинали або він мене відпускав у справах. Або сам йшов у справі, але тільки спочатку помирившись.

Вадим – самий кохаючий чоловік на світі. У всьому Всесвіті.

І він - найніжніший, самий відданий своїй улюбленій жінці.

Розділ 7

Прилади вийшли з ладу із-за близькості до джерела води.
Тому що це джерело володіє могутнім магнітним полем.

Я на чергуванні. Мій час прийшов. Тільки що змінила Тамару, поговорила з нею небагато (зовсім трохи) і «зайшла» на пост.

Свіжо, красиво, затишно.

Я неначе в білій казці з білим сюжетом і … чимось ще.

Пройдуся трохи до фонтану, помилуюся.

Підходжу і … боже…

Збираюся давати сигнал тривоги, але не можу: ці очі дракона віддано подивилися в мої очі. У них був смуток.

Я зупинилася і стала спостерігати, тримаючи палець напоготові, щоб натиснути у разі потреби кнопку тривоги.

Дракон почав уплітати білі квіти. Він їв безшумно і так апетитно. Що і мені захотілося їсти.

Я зірвала біля себе квітку за стебло (квітка не в'яне, якщо торкатися за стебло) і поволі стала підходити до дракона.

Мені завжди подобалося все живе. Мені подобалося приручати на вулиці собак, кішок. Я в Дубовий гай (парк відпочинку в Запоріжжі) приходила з морквиною чищеною і з хлібом, щоб погодувати коней. Хоча це заборонено стало потім. Може, і тоді забороняли, але мене в ті моменти не лаяли за це працівники цього парку. Коні підходили, їли. Запам'ятовували мене. Дуже сильно запечатлілось в пам'яті, як поні, побачивши мене здалеку, йшла до мене назустріч. Один раз із-за цього поні чуть трохи дитину не збило, так поспішивши до мене.

А раптом і тут вийде?

Я підходжу ще трошки і зупиняюся.

Звичайно, зброя при мені.

Але я не хочу, щоб довелося єю скористатися! Саме зараз!

Дракон подивився на мене. Я його поманила великою красивою квіткою. Дракон протягнувся до мене. Відкрив свій рот і захопив віночок квітки, яку я тримала в руці.

- Назву тебе Дракула – ти ж дракон, значить, скорочено «драк», «он». Ну не Дракі ж. Який ти великий, Дракула! Красиїйвий! Хооороооооший! Дружитимемо.

- Танюшечка! Ти де? – Вадим мене покликав. – Твоя зміна закінчилася. Ооооой!

- Не лякай його!

Дракон здійнявся в небо - і відлетів.

- Ми з ним подружилися. – Задоволено розповідала я, дивлячись в ту далечінь, в якій розчинився дракон.

- Ти повинна бути обережніше! Я хвилююся за тебе. Що я без тебе робитиму? Чому ти інших не розбудила? Я ж переживаю за тебе! Ти ж важлива для мене! Будь ласка, будь обережніше!

- Та заспокойся, коханий, я тримала зброю напоготові і змогла б у будь-який момент вистрілити. Я хотіла його приручити. Принаймні, подружитися, поспілкуватися.

- Дружи зі мною… спілкуйся зі мною.

- Я з ним хочу. Ну, все, твоя черга, я йду спати.

- Так вже скоро світанок!

- Я не виспалася!

- Я тебе люблю.

- І я тебе люблю.

- Кохана…

Прощальний поцілунок – і спати в машину.

Розділ 8

Ми провели декілька днів в цьому оазисі, експериментуючи в сільському господарстві, вирощуючи овочі, фрукти. Взагалі все, що можна з'їсти.

Я спробувала квітку, яку їв дракон, – вона соковита і така смачна! Не дарма ж дракон так цими квітами запихався!

А де ж нам узяти м'ясо? Або так і продовжуватимемо на космічному кораблі рости тварин і їх вбивати? Шкода. Але нічого не поробиш. М'ясо ніхто не зміг повноцінно замінити, як не синтезував в своїх лабораторних пробірках щось схоже. Але нічого. А тут відловлювати цих милих дракошек, серед них мого Дракулу, щоб потім з'їсти – це блюзнірство! В крайньому випадку, влаштуємо на планеті пасовище корів – і їх їстимемо. Нічого, повторюся, не поробиш. Люди – хижаки. І нам треба їсти. Без м'яса рік-два протягнемо, а потім? Помремо від слабкості і від самопоїдання, коли сам організм собою харчується?

Тепер ми рухаємося далі.

Перед нами піднесеності. Якісь гори. Треба б їх обійти або піти через гори?

«Розумний в гору не піде, розумний гору обійде». А ось альпіністи вважають це важливою справою – підкорити, підпорядкувати собі ще одну вершину! Підкорити… Шкода тих, хто залишився в горах, не повернувшись додому після такого підпорядкування собі такої гордої вершини.

Ми знову в дорозі. Я знову за кермом. Знову їдемо назустріч до незвіданого чому-небудь.

Ми ці піднесеності обійдемо, проїдемо уподовж.

Хоча в печерах, я думаю, може ховатися щось цікаве і небезпечне.

Але це ніхто, окрім мене, не хоче дізнавати. Після того, що ми пізнали про існування драконів на цій планеті, можна з 99% вірогідності припустити, що на цій планеті є і інші види. І ми не знаємо, чи миролюбні вони так само, як цей дракон, який нас відвідав. Чи будуть ці істоти такими ж вегетаріанцями чи ні?

Гаразд. Думаю, обходити гори будемо дні два. А куди нам поспішати? Це наша одна велика цікава подорож. Ми просто вивчаємо наш новий будинок. Як би гуляємо по вулицях нового міста, в яке приїхали жити. А у нас літні канікули, що не кінчаються.

Вирішили пройти через перевал. Але спочатку переночувати на нім, коли до нього дійдемо, а потім через нього спуститися. На іншій стороні.

Розмістилися, повечеряли, хто пішов відпочивати, а хто залишився.

Сиджу в об'ятіях Вадима. Дивлюся на гори. Роздумую. Мені здається або дійсно десь вгорі йде світло з гори. Напевно, з якоїсь печери.

- Дивитеся! Там світло горить! Там щось є!

- Гаразд. – Сказав капітан. – Підсилимо охорону і завтра уранці підемо, подивимося. Але тільки без команди і особливо вночі в цю печеру нікому не заходити! Це наказ! Я капітан – значить, я відповідаю за безпеку! Максим і Аркадій перші на посту.

- Добре.

- Немає проблем!

- Потім Вас зміню я разом з Валентином. – Продовжив капітан. – Потім на посту Таня і Павло, далі Ксюша, Тамара і Дарина, а Настя вранці хай приготує на всіх сніданок, раз я від чергування її звільняю. Не хочу дівчат ставити удвох. Для їх безпеки. Треба, щоб хтось з чоловіків обов'язково був на посту, або збільшити кількість чергуючих дівчат.

Максим і Аркадій залишилися. А всі інші пішли спати.

А у нас з Вадимом сон вийшов тільки після солодких об'ятій і палких гарячих рухів.

Розділ 9

День почався. Ми стоїмо на перевалі і дивимося вгору – на ту печеру, з якою нічню йшло слабке світло. А зараз із-за яскравого освітлення дня це світло просто непомітне. Якби ми проходили тут вдень – ми б його не побачили. Та і вночі випадково відмітили.

Питання: йти вгору або щонайшвидше звідси звалювати? Раптом там живуть якісь монстри-людоїди? А може там якась загадка?

Ніхто з нас взагалі ніколи по горах не лазив. Добре, що схил не крутой. І гори не такі високі. І печера не так далеко сховалася. Насилу, але підіймемося.

Машини, звичайно ж, доведеться залишити на перевалі. Комусь потрібно залишитися для охорони машин і для надання допомозі у випадку, якщо бігтимемо назад як очманілі або якщо пропадемо без вісті. Щоб хоч хтось пішов на наші пошуки або хоч би сопрісутствовал поряд, але подалі від цього загадкового місця.

Отже, залишаються на перевалі Максим, Ксюша, Дарина і Павло.

Інші йдуть вгору.

- Так, дарма я не ходив ні на які кружкі. Важко тепер. – Пихкав Вадим.

- Зате час на інші заняття згаяв. Геть, яким розумним став. А то був би як Валентин – величезна кількість м'язів, а мозок не натренований. Правда, Валентин? – Запитала я.

- Я не ображаюся. Я ніколи не ображаюся ні на кого. – Валентин продовжив. – Треба було мені хоч трохи часу витратити на навчання.

- Ти все одно класно виглядаєш. Хочеш бути схожим на узкоплечих і кволих ботаніків? Мені подобаєшся ти таким, який ти є. – І далі Настя з гордістю додала. – Зате у мене самий накачений хлопець у всьому Всесвіті!

- Якщо врахувати, що всі люди вимерли - і залишилася невелика жменька людей, змагатися з якими соромно зважаючи на маленьку кількість тих, що зосталися. – З'єхидничав капітан.

- Вадим! Гордися своєю геніальністю! А Валентин хай гордиться своїми м'язами, милується ними, що він зараз і робить. - І я поглядом вказала у бік Валентина, який стояв і жестикулював своїми м'язами.

- Дитячий садок! Перша група! Не відволікайтеся від справи! Попереду не зрозуміло що, а ви тут пустуєте! – Обурився Аркадій.

- Не треба так, м'якше. – Заспокоювала свого чоловіка Тамара.

- Зате вже дійшли. – Оголосила я.

- Я туди не піду. – Заявив Валентин.

- Тебе ніхто і не просить. – Розсердився Вадим.

- Гаразд, вже дійшли. Було вирішено добратися – добралися. Далі що? – Запитав Аркадій.

Вадим пропустив камеру і оглянув через пристрої відеоспостереження печеру. Потім дістав датчик температур і проглянув через вхід печеру інфрачервоним випромінюванням.

- Там нікого не немає. Тільки якась штуковина в самому поглибленні печери, прозора і густа, схожа на слиз.

- Ми ж не дарма сюди прийшли? Пішли, подивимося, що це. Адже небезпеки немає? Прилади ж показали, що безпечно. Пішли. – Умовляв Аркадій.

- Йдемо! – Скомандував капітан.

Ми зайшли в печеру. Окрім Валентина і Насті – вони залишилися дуріти зовні, не звертаючи на нас уваги.

Ми зайшли і зупинилися перед вертикальною пеленою чогось желейного, дивлячись через що, ми бачили якийсь пейзаж. Він був трохи схожий на той, який було видно з печери, як би через дзеркало. Але він і відрізнявся. І добре. Віддзеркалення було якимсь іншим. Як би разним в часі: з печери ми бачили дитинство цієї землі – а через це віддзеркалення ми бачили старість цієї ж поверхні.

Що це? Як це взагалі можливо?

Так …

- Та не чіпай мене! Хватить мене щипати! – Крикнула Настя і відштовхнула Валентина.

Валентин не зміг зорієнтуватися і влетів в це желе.

Ми стояли і дивилися на нього. А Валентин на нас переляканими очима. Між нами було ось це найдивніше творіння природи. Валентин озирнувся. Пройшовся. Вийшов з печери. Повернувся. Щось його налякало. Валентин щось прокричав, але ми його не чули.

Нарешті Валентин протягнув руку. Нічого страшного не трапилося. Він зробив крок вперед...

І вступив на зустріч до нас... І опинився поряд.

Мовчить. Нічого не говорить.

Всі мовчать. Всі здивовані і перелякані.

- Ну що? Що ти там бачив? Вибач. Я не хотіла. – Виправдовувалася Настя.

- Там було чотири сонця. І якийсь шум. Як з кіно про індійців.

- Так. Треба повернутися до машин. І все обговорити. Треба узяти зброю. І вирішити, чи будимо ми туди заходити або перекриємо цей вихід. Для нашої безпеки. Хоча мені дуже хочеться туди піти. На зустріч до невідомого. – Говорив капітан.

- Пішли. У нас багато з собою зброї. І нам необов'язково далеко заходити. Подивимося з печери і відразу повернемося. – Умовляла я.

- Пішли. Ну, зустрінемо ми населення, що кричить як стародавні індійці. Так у нас є високотехнологічна зброя. Їх всіх порвемо! – Підбадьорював Аркадій.

- Хто хоче піти? – Запитав капітан. – Я! – Відповіли всі, окрім Валентина.

- А ти, Валентин?

- Якщо підуть всі, то і я піду.

- Добре. Домовилися. Віддам деякі вказівки.

Капітан вийшов з печери і зв'язався з кораблем:

- Ліза. Ми знайшли щось подібне до воріт в часі або в просторі. Ми сходимо, подивимося. Наші координати у тебе повинні були зафіксуватися на приладах. Так, це вони. Це координати печери, в якому знаходиться це джерело якогось світла. Через це джерело ми пройдемо. Ти залишаєшся за головну на кораблі. Ти знаєш, що робити. У нас проходили учення на всілякі випадки. Ти справишся. Поки нас не буде, ти -

капітан корабля і нашого людства. Максим, Ксюша, Дарина і Павло залишаються. Я з ними зв'яжуся. Вони як рятувальна команда. Кінець зв'язку.

Вадим подивився вниз, там, де були наші машини. І по рації зв'язався з людьми, що залишилися на перевалі. Дав їм вказівки. Вони чекатимуть. Принаймні, повинні чекати.

- Ну, що? З Богом! – сказав Вадим.

Ми стоїмо перед цим дивом, що переливається та вабить незвіданим, і ніхто не наважується зробити перший крок.

Ми міцно узялися з Вадимом за руки.

- Я тебе люблю. – Сказав мені Вадим.

- Я тебе люблю. – Відповіла я.

Ми перші вступили в цю невідомість. І провалилися крізь простір і час…

Розділ 10

Ми стоїмо біля цієї желейної поверхні, але вже по іншу сторону.

Не вистачає тільки Валентина. Він дивиться на нас через цю густу суміш і ніяк не вирішується.

Ми йому показуємо: давай! Він не вирішується.

Гаразд.

Без нього підемо.

Що у нас тут? Дійсно шумно. На війну схоже.

Виходимо з печери – і тут таке!

Здається, одне велике плем'я з криком виганяє маленьку купку інших таких же істот.

Можна сказати, це люди, що тільки повністю фарбуються в блонд (чисті блондини): і волосся, і тіло, і одяг. Білий блондинистий колір.

І худорляві які! Тільки маленького зросту.

Побачивши нас, вони кинулися в нашу сторону із зброєю.

Тут за нами почулася стрілянина і один за іншим почали валитися ці тоненькі білосніжні істоти.

- Повернувся! – Вигукнула Настя.

- Як же я Вас міг залишити? Ось навіть захиститися не змогли! Що? Стріляти не умієте? Стріляли ж на ученнях! – Дивувався Валентин.

- Так стріляли ж по мішенях, а не по людях.

- Це не люди. Це якісь монстри. – Покривлявся Валентин.

- Ким би вони не були – це жителі цієї планети. Ми не маємо права їх вбивати. Досить, Валентин, вони вже не нападають. Зупинися.

Істоти тепер стояли далеко від нас, не сміючи підійти до нас ближче.

У центрі натовпу показалась виряджена у все довге і пишне істота.

Вона наближалась. Істота була схожа на жінку.

Та це жінка! Тільки не жінка-людина, а їх жінка, цієї планети.

Вона йшла плавно, волосся розвівалося на вітрі, іноді волосся касалося землі.

Одяг на ній був немов з шматочків, що мозаїчно прикривали її тіло. Але якщо сказати, що це плаття ціле, не дивлячись на величезні порожні шматочки, то воно мало довгий шлейф, який конкурував з довжиною її волосся, і цей шлейф волочився по землі метрів на п'ять.

Вона щось крикнула своїм людям – і ті відступили.

Ця жінка Білої планети підійшла до нас ближче і стала говорити на якійсь дивній мові.

Вадим дістав прилад, що розшифровує різні мови, що навіть не мають земного походження.

Прилад пошипів, немов ловивши перешкоди, потім переводив:

- Нам говорив Великий провидець, що боги прийдуть з того святого місця. – Істота вказала на ту печеру, з якої ми вийшли. – І врятують нас. Великий провидець сказав нам, що, якщо ми підемо туди до приходу богів, то нас чекає неминуча смерть. А зараз ви прийшли. Заберіть нас. І пробачте за моїх підданих, які наважилися піднімати руки і зброю на Великих богів. Хай завжди сяятиме Ваша сила і божественність!

Ця дивна жінка впала на коліна і преклонилася перед нами. За нею преклонив коліна і весь її народ.

- Ми ж не можемо їх туди забрати. Там же нічого немає. А тут і рослинності дуже багато. Не те, що там, по той бік просторових воріт. Правда, там тіснувато і природи замало. – Шепотіла я Вадиму, але інші члени команди теж чули.

- Ми що-небудь придумаємо. – Відповів Вадим теж гучним шепотом. – Треба вписатися в їх спосіб життя – а там знайдемо рішення. Або просто втечемо, сказавши, що повернемося.

- У нас же є модифіковані рослини, що ростуть за добу! Ми їх здивуємо і обдаруємо божественними подарунками у вигляді швидкої їжі. – Захоплено сказала я. – За справу! Вперед! Треба діяти!

- Точно. – Підкреслила Тамара.

Жінка-істота, правителька цього племені, (просто називатиму її Цариця) продовжила:

- Дозвольте, о, мої Боги, закінчити моїм воїнам чергову битву і знову вигнати чужу армію з наших земель.

Вадим кивнув головою і показав всім виглядом, що дає право.

Цариця щось крикнула своїм підопічним, і вони продовжили переслідування тікаючих з цих земель таких же істот, але одягнених по-іншому (майже так само, єдина різниця – довжина одіяння і кількість і розміри вирізів на одіянні).

- Великі Боги, прошу Вас слідувати за мною.

- Ти настроїв прилад? Ми можемо з ними говорити на їх мові? Що їм сказати і взагалі що їм говорити? – Питала у Вадима Тамара.

- Не переживай. Все це ніштяк. Що-небудь придумаємо. Головне строй з себе Бога. – Заспокоював Аркадій.

- Все. Настроїв на озвучування перекладу нашої мови. Зараз говоритиму я. Іншим мовчати. – Сказав Вадим.

Вадим наблизив до рота прилад і почав розмову з Царицею:

- Ми не можемо за всім устежити. Ви не єдиний народ, який живе у всьому світі. Ми не встигаємо всіма займатися одночасно. Тому не знаємо, з ким ви воюєте і навіщо?

Цариця відповіла:

- Наша війна триває дуже давно. Ніхто не пам'ятає, коли вона почалася. Але є легенди, що коли існували величезні птахи (більше мене), чизи не воювали, вони жили в мирі. А зараз ми воюємо один з одним, між собою. З далекими родичами. Ті, що втекли з поля битви – це армія мого троюрідного брата. Нам, чизам, не вистачає території та їжі. Нас стало багато, як говорять наші довгожителі. І ці довгожителі вказують, що війна через все це. Через те, що нічого їсти (на всіх не вистачає) і ніде жити. Тому плем'я посильніше виганяє плем'я слабкіше, розміщує свої житла і використовує захоплену землю для прожитку. А ті, кого вигнали, вмирає з голоду. Тому ми так запекло воюємо ради наших сімей і нас самих.

Ми слухали. І це так нагадувало нам наше Земне перенаселення. Але у нас же був мир. Тільки деякі країни постійно воювали. Так, у нас же були технології. А тут живуть на перших поверхах і їдять із землі, яку можна використовувати краще.

- Дарма ми залишили Павла на тому краю світу. Його знання по біології дуже б пригоділісь. Добре, що у нас з собою зразки рослин. Посадимо – нагодуємо. Здивуємо тим самим. Доведемо нашу «божественність». Вивчимо цей народ і змиємося. А може, і інших приведемо туди жити. Подивимося. – Говорив нам Вадим на нашій рідній, українській мові, не перекладаючи тією дивною мовою, з вимкненим приладом-перекладачем.

Ми прийшли. Це було їх поселення. Воно розмістилося біля тонюсенької річки білого кольору, яку можна було просто перейти, зробивши один маленький крок. Навколо річки стояли павукоподібні дерева. Величезні дерева. Чизи (ми так зрозуміли, що вони себе так називають, тобто чизи - ось ці істоти; перекладач не зміг це слово ні як перевести) обмотали чимось, здається, павутиною, опущені вітки цих дерев, що у результаті вийшли хатини з дерев і павутини.

Двері цієї хатини – залишені незайманими обтягуванням павутиною гілки дерев. Але вибрані дуже близько розташовані одна до іншої гільці, що важко було розглянути, що знаходиться усередині такої хатини.

- Бачиш, вони не закриваються, коли чимось займаються вночі. – Сказав мені Вадим.

- Може, вони взагалі цим не займаються, тому їм не потрібні двері. – Відповіла я.

В цей час Цариця когось вигнала з хатини. Вигнані із сльозами пішли просити притулку в інших будинках, але всі їм відмовляли. Нарешті вони десь напросилися і насилу розмістилися в якомусь далеко від річки, майже з краю поселення, будинку.

А нам Цариця великодушним жестом показала дорогу у всередину цієї хатини, яку відібрала тільки що:

- Можете тут зупинитися, в найбільшому з будинків, о, мої Великі Боги!

Ми розмістилися в хатині, залишивши чергового біля входу зовні і по черзі міняючись. Ми не могли нікому довіряти. І всю ніч були напоготові.

Розділ 11

Почався новий день. Ми взялися за роботу. Посадили наші зразки. Тепер чекаємо урожаю.

На нас з таким здивуванням дивилися ці чизи і на те, як ми возилися в землі. І на наші дивні знаряддя.

Ми теж із здивуванням розглядали це поселення. Все було дивним, хоча щось було схоже на наш спосіб життя.

Вони теж працюють, їдять, відпочивають, а увечері розважаються.

Мене здивувало, що деякі дівчата-істоти з павутини робили якісь довгі наряди. Я запитала, що вони роблять. А вони сказали, що готуються до весілля в сезон Заметілі. Що це завжди красиве явище і їх народ завжди влаштовує весілля в цей час – час самого чарівництва, коли Боги дарують холодну воду з неба і тоді вона на всіх вистачає.

- А коли буде сезон Заметілі?

- Через декілька днів. Нам треба встигнути закінчити свої наряди.

- А з чого вони?

- З павутини. Ми содержимо толстолапкових павуків – вони дають найбільш товсту і міцну павутину, з якої можна робити одяг. А з чого Ваш одяг?

- Це синтетика. Її отримують хімічно з неф... Гаразд, ми її створили самі.

Вечір. Цариця запросила нас до себе.

Вадим запитав у неї:

- Правителька цих земель, ти сказала, що Великий провидець передбачив, що Боги прийдуть з того святого місця, звідки прийшли ми, і врятують Вас. Коли він це говорив?

- Дуже давно. Великий провидець говорив це ще моєму батьку, коли той тільки починав управляти своїм народом. Великий провидець сказав моєму батьку, що донині я не повинна виходити заміж, тому що мій звужений буде серед Богів.

- Це по-нашому. – Сказав Валентин. – Вона мені подобається. Блондинка в голому і обтягуючому платті. Я б не проти потрястися з нею трохи.

- Ти що? – Образилася Настя. І відвернулася від нього.

- Це я можу стати Царем цих недорозвинених істот? – Сміявся Валентин, але його перекладач був вимкнений, щоб його ображаючі фрази не доходили до слуху Цариці. – Треба тільки постаратися. Завоювати цю милу красуньку – Царицю всіх белявок? Дуже просто! Я раніше состояв в групі «Блондинки». Мій ідеал – блондинка на каблучках в міні-спідниці. Нічого, її плаття можна укоротити, а каблуки – Настя, віддаси свої? Ради мене.

Настя взагалі пересіла ближче до мене.

Я обурилася:

- Хіба таке говорять своїй дівчині?

- Тихіше. – Сказав Вадим.

- Великий провидець сказав, - продовжувала Цариця, - що в тій печері шлях, який веде до погибелі. Але Боги зможуть подарувати нам життя на тому шляху. А тут погані Боги прогніваються на нас за наші постійні війни і покарають нас чимось раніше нам небаченим. І ми повинні піти за добрими Богами. Повірити їм. І все виконати. Врятуйте нас!

Ми здивовано дивилися, як Цариця заплакала.

Як міг якийсь провидець передбачити нашу появу на цій землі? Значить, наша поява невипадкова на цій Білій планеті. Може, він бачив загибель планети, з якої прилетять «боги»?

Вадим вимкнув перекладач і звернувся до нас:

- Це не подорож в часі. Це не та планета, на яку ми прилетіли, в пізнішому віці. Тут чотири зірки, навколо яких обертається ця планета, а на тій, на яку ми прилетіли, – три зірки. Планета швидше гине, чим зірка. Четверта зірка не могла ні загинути, ні народитися, не убивши цю планету. І небо зоряне тут інше, чим на тій планеті, на якій залишився наш корабель. Це не подорож у часі. Це паралельний мир. Це дві однакові планети в двох паралельних світах. Правда, ця планета старіє, ніж та, на яку ми прилетіли. Це дивно. Мріяв, але не вірив, що зможу побувати в двох паралельних світах. А до слів пророка треба прислухатися. Якщо він передбачив нашу появу, значить тут повинно щось трапитися, раз він про це говорив. Будьте уважні. Будь-які поштовхи поверхні, будь-які аномалії – і відразу біжимо до печери. Головне встигнути повернутися в інший світ до руйнування, щоб залишитися в живих. І тримаємося разом. За всім спостережуємо. Шкода, що не можемо передати дані і просканувати небо без апаратури, яка на кораблі. Ми б її і не дотягли сюди. А раптом прибудуть «злі боги» з неба у вигляді прибульців і влаштують по нас стрілянину? Або заберуть в рабство. Мені не подобається ідея взагалі бути тут. Мріяв, побачив, треба тепер йти.

- За декілька днів адже нічого ж не відбудеться. І я хочу забрати з собою цю Царицю. Вона така!... Її зовнішність ідеально підходить під мою. - Умовляв Валентин.

Вадим продовжив:

- Треба обговорити. Хто хоче піти сьогодні? І забрати частину цих дивних «людей»? Раз вони вірять, що ми повинні їх забрати. А хто за те, щоб залишитися на декілька днів?

- Тут через три дні влаштовуватимуть весілля. Хотілося б подивитися. – Попросила Тамара.

- Я хочу залишитися на декілька днів. За цей час навряд чи щось відбудеться – Сказав Аркадій.

- Я хочу подивитися, як у них святкують і веселяться. Залишимося на чотири дні, а наступного дня після торжества непомітно підемо. – Умовляла я.

- Мені все одно. – Скривджено сказала Настя, не дивлячись на Валентина. – Хай одружується на своїй Цариці і залишається тут правити цим народом. Буде Царем стародавніх людинообразів.

Вадим подивився, подумав, вирішив:

- Добре. Тільки на чотири дні. До весіллів. А наступного дня - додому. Дивно, тепер чужа планета за тією поверхнею в печері відчувається таким рідним і бажаним домом.

- А ви упевнені, що ми повернемося туди ж, звідки прийшли? Раптом це желе в печері спотворює простір в часі. І ми не потрапимо додому. – Відмітив Аркадій.

- Воно і так спотворює простір, раз ми опинилися тут. – Відповів Вадим.

- Я не про те. Я хочу сказати, що Валентин відразу повернувся, а ми тут вже пробули цілу добу. А раптом цей шлях ще в іншому напрямі скривлюється – в часі? Або ми тут живемо по одному відчуттю часу – а там по іншому? Ми повернемося – а наш корабель вже зруйнувався, тому що ми тут добу провели, а там можуть пройти століття за цю добу? Раптом ми зустрінемо вже всіх постарілими або правнуків їх? А на кораблі не попередять нас чекати, не розраховуючи, що ми будемо довгожителями.

- Це теж вірно. – Підтвердив Вадим. – Це теж можливо.

- Гаразд. Ми тут не надовго. Все буде добре. – Сказала я.

Ми продовжили розмову з Царицею (включили перекладачі), яка у весь час нашої розмови між собою про наші справжні плани слухала нас і нічого не розуміла, тому що прилади-перекладачі були відключені. Значить, перекладу її мовою не було. А перебити Цариця боялася. Ми ж – «Боги». Значить, можемо «прогніватися» на неї і на весь її народ.

Ми проговорили з нашою Царицею до світанку. Тепер залишається пожинати плоди (зібрати урожай, який вчора посадили).

Розділ 12

Чизи були настільки здивовані, побачивши, що за добу виріс урожай якихось досі небачених рослин. І ці дивні і незнайомі ним рослини виявилися їстівними і настільки смачними, та ще в такому достатку!

Навіть якщо хтось і сумнівався в нашій божественності (таких вчора не було видно і чутно), то сьогодні ні у кого сумнівів більше не було.

І Цариця вирішила влаштувати свято з приводу того, що тепер в кожному будинку буде їжа. Вона вирішила нас задобрити, щоб Боги і далі були на її стороні. На стороні її народу. Вона так і сказала своїм чизам, оголосивши про торжество.

Але ми спочатку запропонували весь день витратити на працю, посадивши новий урожай. А тільки потім, пізно увечері, влаштовувати торжество. І, звичайно ж, не прибирати охорону з околиць, пояснивши тим, що у кожного Бога своя сила, і ми можемо не зуміти їх захистити від ворожого племені, коли воно нападе на це поселення. Пославшись, що, раптом до того племені прийшли впливовіші Боги, ніж ми.

Охорона не була прибрана з меж і люди і чизи знову взялися за роботу.

А увечері було влаштовано свято на честь Богів на знак подяки. Цариця озвучила список своїх побажань. Цей список вручили нам, зав'язаним павутінової ниткою, преподношенним в прекрасній судині. Але посуд нам не подарували (істота, що підносила, міцно його тримала). Як нам потім стало відомо: ця чаша передається з покоління до покоління в сім'ї Цариці і бере участь у всіх ритуалах. Потім цією чашею захопили трохи з тієї річки, Цариця прошепотіла заклинання над чашею і присипала її вміст чимось.

- Пийте цей напій як знак подяки нашим Богам і нашим предкам. – Кричала Цариця. – Знову відчуємо наших близьких, що пішли, в нас самих, випивши трохи їх праху в цій великій чаші.

- Там що? Попіл? – Прошепотів Валентин Аркадію.

- А ти не зрозумів? Пий. Не треба гнівити весь цей натовп. Уяви, що це вода з корицею або коріандром. – Сказав Аркадій.

Ми всю ніч святкували. Вірніше, цей дивний народ, а ми тільки спостерігали.

Нам як подарунки надали молоденьких хлопців і дівчат цього племені. Але ми відмовилися. Ще б. Ми вже мали свої половинки. А ось Валентин хотів, було, погодитися, навіть вже приклав руки до подарунків (звичайно, до дівчат, він традиційній орієнтації), але капітан йому заборонив. На що Валентин відповів:

- Нічого, подивимося, хто у нас головний.

Торжество закінчене. Всі пішли спати. Ми як завжди залишили чергового караулити біля нашої хатини. Ось тільки Валентина в хатині не було. І поблизу хатини теж. Ось гуляка, напевно, намагається скористатися своїм подарунком.

Не встигли ми розслабитися в цій хатині, що не закривалася, як почулися крики і воплі. Аркадій, що чергував на даний момент, вбіг в хатину схвильований:

- Напевно, ті, інші, скористалися цією ситуацією! Цим торжеством! Як можна розслаблятися, коли поряд постійний ворог! Ось дурний народ! Бігом! Зброя всім! Капітан!

Не хотіли втручатися у війну, яка навіть не в нашому світі, не те, щоб в нашому вимірюванні! Ми могли потрапити і до того, іншому народу. А зараз ми повинні воювати на чийсь стороні. Так, ми гості тут. Нас поселила ця Цариця. Значить, ми повинні її захищати. Ми її захисники. Чи є інший спосіб? Може, їх примирити?

Вадим і Аркадій почали стрілянину по нападаючим. Ті миттєво падали. Інші з жахом дивилися на нашу зброю. Звичайно, Ви такого ще не бачили! Це ж не Ваш рівень. Ви ще тільки на початку розвитку.

Треба спробувати!

- Стійте! – Крикнула я в прилад-перекладач з посиленою гучністю, щоб нападаючі чули мене. Напевно, вони знають мову своїх суперників. – Я повеліваю Вам! Припинити ворожнечу! Інакше наша лють не знатиме меж! Ми тоді перевернемо Ваші землі, залишивши вас глибоко у Вашій же землі! Наша небесна зброя вбиває Вас в мить, Ви навіть не встигаєте добігти. Я наказую Вам! Схиліть голови і забирайтеся! Але для зміцнення миру між цими двома народами я дам Вам чарівну рослину, яку Ви посадите в землю і зможете нагодувати своє плем'я. Беріть!

Я протягнула їм жменю насіння пшениці. А ті, вороги наших істот, дивилися і не знали, що робити.

- Зникайте! – Крикнула я і відкрила вогонь біля них, розшпурюючи стріляниною у них у ніг землю.

І нападаючі почали тікати. Дарма вони не узяли модифіковане насіння.

- Молодець! – Крикнув Валентин, стоячи біля хатини Цариці і нахабно обіймаючи цю саму Царицю.

- Ми ж говорили, що він буде начальником. – Сказала Настя. – Він впливову красуню не пропустить. Не важливо, скільки їй років, Обов'язково пригріється у старше за себе жінки. Не має значення, що вона з іншої планети. Головне, що вона начальник! Валентин завжди начальників вибирав. Йому подобається бути іграшкою в руках таких жінок. Так, все відразу отримує, варто тільки сподобатися - і все. Все його! – Було видно, з якою образою це все говорила Настя.

- У тебе буде кращий хлопець. У тебе все попереду. – Сказала Тамара.

Розділ 13

Ось, нарешті, прийшов день, після якого ми запланували покинути ці землі. Але це було казково. А почалося все так…

Ми прокинулися. І вишли з своєї хатини. А там – це ж схоже на наш перший сніг!

Пластівці чогось білого опускалися на землю. Спочатку дрібні, потім все більше, сильніше - і, нарешті, такі великі, що один такий шматок не поміщався запросто в руку. Ніякого холоду не було. Було тепло, як і вчора. Тільки ріс шар білого снігу на поверхні і не танув.

Незабаром все прикрасилося однією суцільною білою пеленою. Як це схоже на наші Земні зими! На наші українські зими!

А сніг продовжував падати, літаючи в повітрі легко, спокійно, кружляючись в таємничому танці вітрів…

Сезон Заметілі почався.

Дівчата-істоти вийшли з хатин вже в нових нарядах, які розпустили своє дуууууже довге волосся. Волосся було просто довше, ніж до підлоги.

Воно волочилося по землі услід.

Всі прямували до однієї хатини, найменше обтягнутої павутиною. Розписаною писемністю. Їх писемність нагадувала звичайні хвилясті лінії. І якимсь чином вони розуміли її! Залежно від кількості хвилястих зигзагів, від ширини зигзагів,… якось це у них читалося.

Вадим узяв мене за руку, обійняв і сказав:

- Давай одружимося!

Так це було бажаним, що відповідь відразу знайшлася:

- Так. Давай одружимося.

Все було чудово…

Тільки ось коли одружимося? Як? Де? Тут? Або на кораблі?

Я запропонувала:

- Давай вперше одружимося тут, сьогодні. А потім на кораблі у людей.

- Цікава ідея. А каблучки у мене є. Не хвилюйся, воно саморегульоване – твоє кільце. Одягнеш – і обручка сама зменшиться або розтягнеться залежно від розміру твого пальця.

Вадим показав шкатулочку, обтягнуту рожевою з вишивкою блискучою тканиною, відкрив її. На дні лежали дві жовто-червоні каблучки. Я бачила своє віддзеркалення в дзеркалі на внутрішній стороні кришки шкатулочки: воно сяяло від щастя! Коханий! Як я давно цього чекала!

- Я вибрав тебе супутницею свого життя...

Всі вже зібралися біля хатини, в якій, я думала, проходитиме церемонія.

Але з неї вийшов старий із зображенням якогось Бога в руках. Позаду нього молоденька дівчинка-чиза несла величезну судину зі снігом і якимись каменями. Білими каменями.

- Це ж алмази... - Шепнула я Вадиму.

- Можливо. - Відповів Вадим.

- Якщо хтось дізнається, що тут так багато алмазів – цих чизів просто винищать. – Продовжила я.

- Значить, ніхто не повинен про це знати. – Зробив висновок Вадим.

Старий зупинився в центрі натовпу і гучним голосом заявив:

- Хто бажає сьогодні в цей знаменний день в цей знаменний час на початку сезону Заметілі пов'язати своє життя і долю один з одним? Відгукніться.

- Ми. Ми... - Кричали пари, що вже узяли звужених своїх за руки.

- Ми теж. – Сказав Вадим.

Всі здивовано подивилися на нас.

- Боги теж одружуються, коли люблять. І хочуть прийняти участь у вашому обряді. Будь-яке одруження на землі є оглядом любові на небі. – Пояснила я.

- На небі ми потім повторимо наше весілля. Як дань пошани до Вас, народу чизів, дозвольте нам прийняти участь у Вашій церемонії, відчувши всі Ваші звичаї і ритуали повною мірою. В головній ролі. – Продовжив пояснення Вадим.

- Народу чизів! – Оповістив старий. – У нас на торжестві ще одна пара. Прошу до нас в центр.

Всі пари вишикувалися в кружок. Круг закрутився. Ми водили хороводи, тримаючи один одного за руки. В цей час старий нас обсипав снігом з чаші своєї помічниці.

Хоровод зупинився. Круг розширився. Помічниця старіка-рітуальщика поставила чашу. Підійшла до натовпу самотніх хлопців чизов. Вибрала одного з них і узяла в наш круг. Почала танець в центрі круга. Всі стояли і дивилися на неї. Вона плавно в танці роздягалася. Опинившись без одягу, ця дівчина підійшла до вибраного нею хлопця і почала злягатися з ним. У центрі круга. У всіх на очах.

Весь цей час старий вимовляв заклинання. Може молитви. Так схоже на рєп. Де він цьому навчився?

Коли дівчина закінчила (це було чутно по її гучним крикам і імпульсним рухам), вона злізла з хлопця (дівчина була весь час зверху) і у такому вигляді, «як мати народила», узяла корзину і продовжила нас обсипати снігом. Вся змучена, мокра від жару пристрасті, з волоссям, що прилипнуло до тіла, довжелезним і білим, як у всіх чизів, дівчина почала роздавати кожній парі поодинці білому каменю. По величезному білому прозорому каменю. Ці камені помічниця вручала кожній дівчині. А потім, коли частина каменів була роздана, на дні лежали маленькі чорні, як тьма, камені. Ці чорнушки вона роздала хлопцям.

- Як світло і тьма ви повинні завжди бути нерозлучні. І завжди доповнювати один одного, як одне ціле. Як ці камені, символізуючі день і ніч, які йдуть разом. Так і сила, і слабкість повинні бути присутніми у відносинах. У кожній Вашій сім'ї. Будьте завжди одним цілим! – сказав старий.

Обряд закінчений. Всі пішли по своїх хатинах. А ми залишилися і милувалися один іншим. Потім і ми повернулися в хатину, де були Аркадій, Тамара і Настя. Отже шлюбна ніч буде у нас, напевно, після весілля на самому космічному кораблі. Вірніше, сьогодні ця шлюбна ніч обмежиться звичайним засипанням в обнімку. Як і попередні ночі на землі чизів. Не сховатися, не розслабитися, не прикритися. Ми ж в гостях на чужій нам території. Ми і в убиральню ходимо парами, щоб нічого не трапилося. Один завжди на чеку, оглядає обстановку. Як у військовий час.

Так, безпека над усе.

Розділ 14

А наступного дня було весілля Цариці з нашим Валентином. І коли він встиг? Тільки різниця була в тому, що замість тієї молоденької помічниці цю роль виконувала Цариця з Валентином у всіх на вигляді. Такі у них правила. Владики чизов «це» в день свого весілля повинні робити прілюдно. Якщо виразитися на їх мові, раз вони чизи, то замість «прілюдно», скажу «прічизно». Тобто вожді чизов в день свого одруження повинні злягатися при всіх чизах. Як шоу «За склом». У всіх подробицях.

Отже, тепер у нас Валентин – Цар чизов.

Тепер він цар.

Поклонитися йому чи що? Обійдеться! Хай не звикає. Із-за Валентина ми залишилися ще на один день. На його весілля. А він умовляє ще трохи нам тут побути.

Острах. Ськукотіще ж тут!

Цариця вирішила своє весілля розтягнути на декілька днів. Вже дуже довго вона засиділася в «дівах». Значить, непривабливо йти з торжества до його закінчення.

А як нам бути з Валентином? Покинути його тут? Тепер залишається тільки цей варіант – він повинен залишитися зі своєю дружиною.

Як життя все міняє. І які незвичайні приносить сюрпризи!

Гаразд. Зостаємося. Але нам це зовсім не подобається. Ми зібралися, щоб у будь-який момент ми змогли піти. Навіть, якщо доведеться, не попрощавшись.

Передчуття якесь. Не дарма ж там щось говорив пророк! Треба звідси звалювати. Щонайшвидше. Я вже не витримую. Я так хочу піти з цієї землі!

- Вадим, я хочу швидше покинути ці землі. Давай скоріше повернемося в наш світ. У наше вимірювання. – Попросила я.

- Якщо ти так вважаєш, давай. Я довіряю твоїй інтуїції. Ми тоді сьогодні ж підемо. – Сказав Вадим.

Це був третій день весілля. Ми вирішили йти до печери і повертатися на ту планету, на яку прилетіли. Потім, відповідно, продовжити вивчення Білої планети в нашому вимірюванні. Треба облаштовуватися і жити нормальним життям.

У мене «працює інтуїція». Я навіть передбачила дату народження дочки одних знайомих. Я приблизно прикинула, скільки тижнів було, коли ми дізналися про вагітність. І порахувала, коли приблизно повинні бути пологи. А потім вибрала день. Просто число, в яке я захотіла, щоб дитина народилася. Я вибрала 12. Її батьки намітили на 13 число. А я вибрала 12 і захотіла, щоб все відбулося саме 12-го. І ця дівчинка народилася на початку дня 12-го числа.

Та інші випадки були. Так, я довіряю своїй інтуїції. Вона мене іноді рятувала. Але не завжди.

Ми приготувалися вже йти. Але вирішили спочатку попрощатися з Царицею і Валентином.

Ми підійшли до хатини, де тепер жив Валентин.

- Успіхів тобі, Валентин, і Вам, Цариця. Ми повертатимемося туди, звідки прийшли. До зустрічі! – Сказав Вадим.

- А як же пророцтва? Ви ж не покинете нас? Ви ж повинні нас врятувати! – Здивувалася Цариця.

- Ми прийдемо Вас рятувати, через час. А поки нам треба повернутися. – Сказав Аркадій.

Звичайно, сказав неправду. Але нам треба піти мирно. А раптом, зрозумівши, що ми не повернемося, чизи нікуди нас не відпустять. Раптом вони зрозуміють, що ми не Боги, а всього лише утікачі, які бояться тут залишатися. Притому, що пророк обіцяв щось страшне на цій землі. Навіщо нам здаватися трусами?

- Так, ми повернемося за Вами. – Підтвердив Вадим.

В цей час Настя переглядалася з якимсь чизом, який не зводив з неї очей.

Цей чиз боязко підійшов до нас і запитав:

- Можна мені піти з Вами?

Настя зворушливо подивилася на нього, а потім на нас.

- Навіщо тобі це? – Запитав Вадим.

- Мені подобається Ваша Богиня. Я хочу служити їй все своє життя.

- Якщо ти так хочеш. І якщо Настя не проти, то служи їй. Йди з нами. А Цариця тебе відпускає? – Запитав Вадим.

Цариця відповіла:

- Як побажають Боги, так я і зроблю. Якщо Вам потрібний цей чиз, беріть його. Я не можу протівіться рішенню Богів.

- Так,.. у Насті новий залицяльник. – Сказала я.

- Як тебе звуть, хлопець? – Запитав Вадим.

- Я Мисливець. Мене звуть Мисливець.

- Цікаве і просте ім'я. – Підкреслив Вадим. – Напевно, дуже банальне. Якщо ім'я дане заслужено, по якостях характеру, то це нам дійсно прігодіться. Нам потрібні такі... - Вадим хотів сказати «люди». Але він же не людина. Тоді продовжив так. – Напарники: сильні, міцні, витривалі, розумні, стійкі і такі, що знають свою справу. Ласкаво просимо в нашу команду!

Ми пішли. У бік печери. Мені так було спокійніше. Пройшовши пів години, ми дійшли до печери та озирнулися. Поселення стало маленьким, непримітним.

- Ну, все, попрощалися з цією землею? Тепер в шлях. – Сказав капітан.

- Так, було цікаво.

- У гостях добре, але удома краще.

Ми збиралися увійти до печери, як в небі щось блиснуло. Біля нас впав метеорит. За ним послідували інші небесні камені. Їх ставало все більше і більше. Як під обстрілом з неба.

- Бігом в печеру! Швидше! – Крикнув капітал.

Ми забігли у всередину печери.

- Чого ви чекаєте? Пішли! – Обурився Вадим.

Тамара з Аркадієм пройшли перші через цей желейний простір. Ми узялися з Вадимом за руки і збиралися вступити. Я бачила, як Настя схопила за руку Мисливця і потягнула вперед.

- Підемо. Все буде добре. Ти опинишся у нас удома. – Умовляла Настя чиза.

- Ми пішли! Поспішай, Настя! – Крикнув Вадим. Ми вступили в цю густу площину. І розчинилися в ній...

Розділ 15

Ми стоїмо в печері. Я, Вадим, Тамара і Аркадій. А де ж Настя?

Чекаємо та дивимося один на одного.

- Ми ж повинні були їх врятувати. По пророцтву... Тільки як? - Розгублено роздумувала я вголос.

- І Насті немає. Де ж вона? – Турбувалася Тамара.

- Якщо повернутися назад, то можна врізатися в зруйновану стіну печери. Раптом вона вже засипана метеоритними каменями? – Говорив Аркадій.

- Острах. Ми вчасно пішли від туди. – Сказав Вадим. – Може, ще хтось прийде? Треба почекати.

- Гаразд, чекаємо.

- Я почекаю Настю. – Твердила Тамара. – Бідна дівчинка.

- До речі… - Почав Аркадій. – Ви з Тетяною повернулися сюди на 20 хвилин пізніше за нас? Чим Ви там займалися? Чому так зволікали? І весь цей час печера була ціла?

- Ні, ми через декілька секунд після Вас з Тамарою пройшли. Так, Таню? Секунд 10 – 20. Значить, тут і там по-різному тече час. Це не дуже добре. Значить, і Настя може з'явитися через півгодини. Якщо не довше. Залежно від того, скільки часу вона умовляла чиза. Чекатимемо. Нам нікуди поспішати. Почекаємо Настю і підемо.

Ми залишилися в печері. Сидимо, чекаємо. Пройшло пів години. Пройшла година. А Насті немає. Хвилюємося ще сильніше. Ще почекаємо. Пройшла ще година. Вже ні на що не сподіваємося. Значить, залишилася там. Сумно.

- Далі чекати безглуздо. Пора йти. – Сказав капітан.

Він має рацію. Ніхто з ним не сперечався. Скільки ж можна ще чекати?

Зібралися йти. Як тут перед нами викидає Настю, тримаючу чиза за руку.

- Ура! Повернулася. – Вигукнула Тамара. – Я така рада! Спасибі, Господи!

- Тепер всі на місці. – Сказав капітан. – Слава богу!Будемо спускатися. І повертатися до наших. Адже наші тут, на перевалі повинні нас чекати.

- Ти забув? – Нагадав Аркадій. – Якщо ти пробув там 10 секунд, а я з Тамарою чекав тебе 20 хвилин, то порахуй, скільки нас не було в цьому вимірюванні по цьому часу? Ми були в тому вимірюванні 2 тижні. Тут могло пройти років 5-10!

- Я порахував, десь 4.6 року. Як мінімум. Тобто десь близько п'ять років ми тут були відсутні за часом цього вимірювання.

- 5 років? - Здивувалася Настя - Так багато!

- Настю, не переживай, ми прожили всього лише два тижні. Це тут без нас пройшло 5 років. А там пройшло разом з нами 2 тижні. – Заспокоювала я. – Не хвилюйся, ти не постаріла на 5 років. А ось ті, які тут були, вже повинні бути старше на 5 років.

- У шлях? Готові? – Запитав капітан. – Будемо йти?

- Нічого іншого не залишається. – Відповів Аркадій. – Пішли.

Люди і чиз вийшли з печери. Подивилися вниз. Нічого не видно. Почали спускатися. Спускаючись все нижче і нижче, відкрився вид на перевал: там нікого і нічого не було. Не було наших машин. Значить, нас ніхто вже не чекав.

Що ж, пішки прямуватимемо до нашого космічного корабля.

Вдалині були видні декілька рядів вітряків. А ще далі ледве виднілася вежа для мобільного зв'язку.

- Так, вже добре оббудувалися. – Сказав Аркадій. – Люди скрізь все міняють під себе.

Йдемо по приладах. Йдемо у тому напрямку, де приземлився наш космічний корабель. Але спочатку треба обійти ці гори, які ми колись хотіли обійти, але захопилися тією загадковою печерою. Дорога, звичайно, довга. Ми ж пішки, не на машинах.

Добре, що у нас багато з собою запасів води і, як завжди, при нас зразки рослин, що швидко ростуть.

День добігає кінця, а ми все ще не обійшли цю гору. Коли ж вона нарешті закінчиться!

- Зупинимося на нічліг. – Сказав капітан. – Треба до заходу посадити небагато рослин, щоб було, чим снідати завтра. А на сьогодні досить наших запасів, зібраних із землі Цариці. Посадимо, відпочинемо, зберемо урожай – і далі в шлях.

Робота зроблена. Рослини посаджені. Наступила ніч.

Ми зібралися в круг, щоб проаналізувати що трапилося, зрозуміти нашу роль у всьому цьому і подумати, що робити далі. Як завжди, хтось залишився черговим. А інші спробували усамітнитися для звільнення відчуттів, що загострилися.

Навіть було видно, як в загородженому місці Настя приставала до свого чиза, який боявся доторкнутися до Богині.

- Та не Богиня я. Перестань. – Чулося нам. – Що у Вас цим в затишному місці не займаються? Тільки при всіх? Або Ви взагалі не умієте це робити? – Настя не переставала наполягати.

Нарешті обурення ми вже не чули. До нас доходили тільки ритмічний шерех і стогін.

Чергові мінялися кожні півтори години. Нас шестеро, розділити 9 годин на 6 чоловік – виходило кожному по 1,5 години.

Наступив світанок. Ми зібрали урожай, поснідали і рушили в шлях.

Пів дня пройшло, перш ніж ми змогли нарешті обійти гору.

Та… Боже мій!

- Як велично!

- Як красиво!

- Таке велике місто!

- А то що? Велике звалище біля міста? Де люди – там і сміття.

- Дивіться: там великі роботи щось викопують. Це новий котлован для нової будівлі?

- Так, місто велике. Але до нього йти і йти.

- Нас не було 5 років, а тут таке виросло!

- Глядіться: а там ліс з цих павукоподібних дерев!

Всі були приголомшені. Ми на Землі такого міста ніколи і ніде не бачили. Чий це проект? Хто це створив? Невже ця маленька купка людей, які прилетіли на цю планету?

- Може, не треба туди йти? Все ж таки змінилося.

- Та перестань. Там же наші.

- Вони ж могли змінитися. Все тепер по-іншому.

- Нам ховатися марно. Вони нас все одно знайдуть. Там якийсь супутник літає. Може, вони вже нас засікли. Значить, заберуть нас звідси.

Розділ 16

Супутник пролетів над нами. Ми сподівалися, що нас побачили, коли мимо нас пролітав супутник. Але ми не сиділи склавши руки. Нам же треба було самим щось зробити, щоб швидше возз'єднатися з нашими. Вадим сказав:

- Йдемо. Йдемо у бік міста. Допоможемо їм нас врятувати швидше. Мені не терпиться повернутися додому. Вірніше, на свій корабель і в свою кімнату.

- Підемо.

Ми пішли. Мета наша була перед нашими очима: величезне місто. Ми йшли. І кожен думав: як могло так вирости з нуля величезне, насправді велетень, місто, що відображає промені трьох зірок, навколо яких обертається ця Біла планета?

Як звичайні люди таке творіння створили за 5 років?

Може, ми помилилися в розрахунках? І тут без нас пройшло 100-200 років?

Звідки все це?

- Дивно це. – Сказав Аркадій. – Люди не могли самі це побудувати за 5 років. Хай у нас помилкові пояснення різниці в часі в цих двох вимірюваннях. Допустимо, пройшло 300 років. За триста років люди побудували б щось в таких масштабах. Але це не Земний стиль. Або у архітектора прокинувся якийсь дар, або це будували не люди.

- Тоді хто? – Запитала Настя. – Хто ж міг це зробити? Інопланетяни? – Продовжила Настя з усмішками. – Дізналися, що ми тут розмістилися і вирішили нас звідси вигнати. Або ще гірше: тут була їх військова база – а ми прилетіли на чужу землю, територію захопили. І живемо собі спокійно, розкошуючи.

Настя продовжила, сміючись:

- Та перестань. Тобі вічно скрізь здаються прибульці. Тут все нормально. Ну, розігралася фантазія у когось, ну, щось… Та все гаразд!

- Це дійсно дивно. – Сказав Вадим. – Як я раніше про це не подумав? Може, підемо подалі від міста? Прожити ми зуміємо. У нас залишилися зразки модифікованих рослин.

- А що коли Аркадій помиляється? – Запитала Тамара. – І ми дарма хвилюємося? Нам там буде добре, а ми хочемо мучитися, ховаючись на цій планеті від таких же, як ми. Від наших друзів, знайомих. Ви чого? Чому зупинилися?

- Я люблю розглядати архітектуру. Але та, - я показала рукою у бік міста, - явно зі світу фантастики. Ці величезні блюдця на тоненьких ніжках повинні були давно вже повалитися. Там що люди взагалі ніколи не спускаються на землю або там дуже тоненький ліфт, який тебе може поднять-опустіть тільки один раз за добу?

- Ці перевернені піраміди порушують всі закони фізики. Як вони тримають рівновагу і не перекидаються? – Продовжив Вадим.

- Звідки всі ті об'єкти, що літають? – Запитав Аркадій. – У нас не було стільки літальних апаратів, коли наш корабель прибув на цю планету. Припустимо, наші побудували нові літаки, але навіщо? І не такі ж маревні, як ці!

Всі були спантеличені. Коли ми бачили місто здалеку, ми нічого дивного не відмітили, окрім гігантських розмірів самого міста. А зараз ми підійшли ближче. І чим більше ми дивилися у бік міста, тим більше у нас появлялося питань. Ми були здивовані і налякані.

- А он ті статуї? Вони ж більші, ніж величезні! І що вони зображують? Кого? І які дії в них закладені? Хіба буде людство, що залишилося, трудитися над створенням образів якихось монстрів стільки часу, раз вони настільки великі? І поміщати їх на вулицях свого міста? У його центрі? Одна людина може збожеволіти і закохатися в зображення чудовиськ. Але не все місто! – Продовжила я свої пояснення.

Ми хотіли повернутися додому. До наших. На наш рідний космічний корабель. Ми так чекали цієї зустрічі!..

Якусь мить рішення чекало свого виходу на сцену …

Кожен цю зустріч представляв по-своєму. Мрії у всіх різні, але їх об'єднувало одне: бажання повернутися.

А зараз ми бачимо щось, що не укладається в голові. Цього не може бути! Чому все так змінилося?

- Підемо якнайдалі від цього дивного місця. – Сказав Вадим. – Побудемо поки осторонь, все обдумаємо. Може, піти комусь вночі на розвідку. Але місто далеко ще. А тут навколо одна суцільна біла пустеля. А оазис повинен бути десь в тому напрямі, де в даний момент знаходиться місто. Пошукаємо інший оазис. І може, знайдемо ще печери. Житимемо в них. Повертатися в ту печеру безглуздо – там напевно, на тій стороні, в іншому вимірюванні, все зруйновано після метеоритного дощу. Якщо взагалі не зруйнована сама печера по ту сторону. Що, в принципі, ймовірно на 99%.

- Що? Ми так просто підемо? – Запитала Настя. – Я хотіла побачити своїх. Я так по ним скучила!

- Все буде добре, моя Богиня. – Сказав Мисливець.

- Можливо. – Непокоїлася Настя.

- Йтимемо по своїх слідах. Якщо нас побачили через супутник, то запросто нас знайдуть, не залежно, як ми підемо. У них техніка, а у нас ноги. – Запропонував капітан.

Ніхто не був проти. Всім було все одно, як повертатися до гір. Яким чином. Всі просто турбувалися. Ми сподівалися нарешті повернутися. Ми хотіли повернутися додому. Але якщо те місце вже не дім, то у нас немає дому. Доведеться знайти новий дім.

Ми мовчки брели, роздумуючи про побачене. Іноді переговорювалися, обговорюючи вголос все, що відбулося з моменту посадки на цій планеті космічного корабля до моменту, коли побачили абсолютно чуже, невідоме нам всім місто, яке лякає своєю таємницею.

Вдалині стали вимальовуватися якісь силуети. Вони йшли до нас на зустріч.

- Господи!
- Хто б міг подумати!
- Як?
- Як це здорово!
- Вони врятувалися!

Це були чизи… і Валентин як головний.

Валентин йшов попереду, ведучи тепер свій народ і свою Царицю в нове життя.

Розділ 17

- Ми побігли у бік печери, коли камені почали падати з неба. – Так почав свою розповідь Валентин. – Я крикнув всім, щоб бігли за мною. Що там буде порятунок. Не всі повірили мені. А з тих, що повірили, не всі добігли. Добігши до печери, в якій цей шлях в інше вимірювання, виявилось, що її трохи засипало. У Царицю у цей момент щось потрапило – і вона знепритомніла. Треба було поспішати. Ми з великою працею звільнили достатній отвір в печері, щоб увійти до печери. Я тоді крикнув всім: за мною! Довелося проштовхувати Царицю вперед, тому що вона все ще була без свідомості. Коли я заліз в печеру, озирнувся. Позаду чизів вся поверхня палала, а з неба все ще летіли ці камені, яких ставало все більше і більше. І напевно, вони і у розмірі були більше. За мною залазілі в нами виконаний отвір в печері чизи, але не всі встигали. Я бачив, що через одного вони падали від ударів з неба. Я кинувся до цієї желейної поверхні, тримаючи на руках Царицю. І опинився тут. У цьому вимірюванні. Через хвилини з'явилися чизи, що залишилися. Хто добіг, хто встиг залізти в печеру і хто не побоявся стрибнути за мною в невідомість – ті зараз перед Вами. Вони все ще живі. А інші залишилися там вмирати. Отже пророцтво збулося. Тільки я виявився рятівником деяких чизов. Так от залишилося в живих сім чизов. Ну, ще Ваш, новий хлопець Насті. А чому Ви йдете не в ту сторону? Ми йшли по Ваших слідах, щоб Вас наздогнати. Та і взагалі прийти до своїх. Я не дуже сильний в техніці. По приладах погано орієнтуюся. А ось по слідам видно, що Ви вже тут були і повертаєтеся назад. Чому? Що відбулося?

- Там місто, побудоване кимось іншим. Ми не ризикнули йти туди. Місто виросло дуже швидко і якось дивно. – Відповів капітан.

- Там все фантастичне. У думці не укладаються конструкції. – Сказав Аркадій. – Всі будинки ненормальні. Просто божевільні. Такого не може бути. Навіть найтворча людина з найбурхливішою фантазією таке місто не запропонує побудувати.

- І що робитимемо? – Запитав Валентин.

- Жити. Житимемо. І шукати інший дім. – Відповіла я.

- А поки треба поїсти. Я вже зголоднів. – Сказав Вадим. – Що у нас на обід?

- Все як завжди: модифіковані рослини, що виросли на чужій планеті, і дуже багато питань. – Пожартувала я.

Пообідавши, ми пішли далі у бік гір, щоб знайти там укриття.

Все-таки хотілося подивитися на місто ближче, але це небезпечно.

Що нам робити? Планета велика. Але як нам сховатися?

- Що це за шум?

- Там щось темне прямує в нашу сторону з міста.

- Бігом! Рятуйтеся!

Ми бігли щосили. Я і Вадим поряд. Нам всім було страшно.

Якісь машини нас наздоганяли. Судячи з усього – це були роботи. І вони за нами полювали. Але не щоб убити. Вони ж не стріляли по нас.

Спроби втекти були даремні. Нас зловили в пастки. Опустили на машини і повезли у бік міста.

- Я тебе люблю. – Сказав мені Вадим, тримаючи мене за руку.

- І я тебе люблю. – Відповіла я своєму чоловікові – Вадиму.

- Чому все так відбулося? Невже нам вже не призначено жити нормальним життям? – Запитала Настя. – Спочатку Земля більше не змогла бути нашим домом. Потім знайшли нову планету. А вона після теплого прийому стала якоюсь агресивною.

- Таке життя. Треба уміти виживати. – відповів Валентин.

- Чому нас зловили роботи? Де ж люди, що перетворилися на зомбі, або інопланетяни, що з'їли наших людей і що живуть тепер там, де ми приземлилися? – Задавався питаннями Аркадій.

- Прибудемо в місто – про все дізнаємося. – Відповів Вадим.

- Якщо нас раніше не уб'ють. – Відмітила Тамара. – Але, сподіваюся, ми виживемо. І проживемо довге та щасливе життя.

- Давайте придумаємо, як звідси вибратися. – Пропонував Валентин.

- Це роботи. Їх не можна умовити зглянутися над нами. Вони кур'єри. Зловили та повезли. А розбиратися з нами буде хтось інший. Звичайно, якщо нас не захопила цивілізація, що складається з роботів і напівроботів. – Роздумував Аркадій.

Нас везли, немов якийсь вантаж.

У людей на кораблі не було таких машин. Або їх створили тут і недавно. Або вони прибули на цю планету з іншого космічного корабля. А якщо вони тут були спочатку? Були заховані в землі? Як у фільмі «Війна світів». Багато питань і жодної відповіді.

Треба зберігати спокій. Все буде добре.

Все повинно бути добре!

Розділ 18

Ми під'їжджаємо до міста. Блізі віно ще більше і ще фантастичніше. І люди в ньому є. І вони працюють не припиняючись. Проходить звичайне міське життя. Тільки ось поглядів роззяв і просто цікавих немає. Всі ніби невідривно захоплені своєю справою. Жодної розмови на вулиці. Жодного натовпу. Всі дуже організовані.

І ніхто нас не впізнає. Ніхто не вітається з нами. Навіть поглядом або головою ніхто не киває нам. Вони нас забули або не знають? Як це? Це ж ми! А вони – наші друзі та знайомі! Вони що? Захворіли? Всі відразу?

Хай фантастичне місто, але дуже красиве. Будівлі величезні. Вулиці широкі. Поверхи превеликі. І скрізь працюють роботи. Люди ними управляють. Ті, які простіші, працюють самі, без людей.

Люди ті ж, але поведінка інша. Навіть досить поглянути на них – і бачиш різницю. Це - інші. Вони ті ж, але інші. Неначе в мозок людей записали програму і вони її виконують. Організм, оболонка та ж, але поведінка, вираз обличчя інші. Я б назвала їх зомбі. Але вони не схожі на зомбі. Люди виконують роботу, близьку тій, до якої вони звикли: інженери щось будують, прибиральники прибирають, садівники дивляться за рослинами. Але тільки все без емоцій, без розмов, без контактів.

- Щось тут відбулося…

- Вони могли підчепити якийсь вірус на цій планеті? Нам же вона погано знайома.

- А чому ми не захворіли?

- Може, вони отруїлися?

- Або придумали нові ліки «як стати трудоголіком». Бачите, вони працюють без зупинки. А ліки опинилися з сильними побічними діями. А? Може ж бути таке?

- Вони дійсно тільки те і роблять, що працюють. І спілкування у них коротке: «привіз», «відвіз».

- А отруїтися вони могли якимсь новим розробленим продуктом: схрестили щось, змінили, потім знову схрестили. Може це отрута тривалої дії? Мозок заблокований, думати не може, а ось навики організм виконує. Виконує звичну роботу, але не сприймає нову інформацію.

- У будь-якому випадку це погано. Куди нас везуть?

- Скоро дізнаємося.

- Ей! Еееейййй! Допоможіть! Відпустите нас! Врятуйте!

- Ніхто не реагує.

- Хворі якісь!

- Люди! Ви що? Не впізнаєте нікого?

- А... Що якщо ми не повернулися в своє вимірювання, а потрапили в ще одне? Для нас в нову реальність? А люди ті ж, тільки інші. Вони теж прилетіли на цю планету у пошуках порятунку. Але тільки не з нашої Землі, а зі Землі з іншого паралельного світу? І тому у цих людей інша поведінка, не наша. Адже таке теж можливе!

- Тоді треба повернутися в наше вимірювання. Тільки як? Де гарантія, що ми не потрапимо в 4-й світ, а потім в 5-ий? Що ми знайдемо нашу реальність?

- Ну і велике ж це місто. А нас везуть в клітці, як злочинців або як диких небезпечних тварин.

- А он і наші дракони. Їх використовують як м'ясо. Бачите, що з ними роблять? Геть вирощують. А он вбивають і упаковують для транспортування та зберігання. Так, добре обжилися тут люди. І звалище просто величезне. І майже біля міста. Відразу видно, що люди. Скрізь поводяться по-свінські.

- Так, місто хороше. Тільки агресивне до нас.

- Все буде добре. Давайте в це повіримо.

Ми під'їхали до якоїсь будівлі, схожої на в'язницю. Нас відвезли у всередину будови та опустили в якусь клітку, звільнивши нас від пасток, в яких ми знаходилися в останні години.

Ми огляділися: будівля всередині була схожа на лабораторію. Тільки з великими клітками. І ми, напевно, тут являємося піддослідними щурами, які зазвичай присутні в таких лабораторіях.

Працівники цієї лабораторії (наші знайомі обличчя), люди, виконували свою роботу. Вони на нас навіть не подивилися.

Прозвучало в мікрофон:

- Дарія, фахівець з фізичних параметрів, викликається в лабораторію для огляду прибулих людей.

Через декілька хвилин прийшла Дарина. Вона холодно подивилася на нас. Як всі тут дивляться на нас. Байдуже. Дістала прилад і, не заходивши в клітку, зовні, відсканувала тіло кожного.

- Огляд закінчений. – Сказала вона.

Розвернулася і пішла.

Ми сиділи на підлозі, дивлячись в камери спостереження, і не розуміли, що відбувається.

До клітки підходили інші працівники, таким же чином сканували нас, щось реєстрували, йшли. Про щось по роботі говорили. При чому тільки сухо, мінімум і у справі. Ця розмова стосувалася нас. Здавалося, що ці люди нас вивчають, як би готуючи до якогось експерименту. Збирають дані, оглядають, роздумують, пропонують варіанти.

Один працівник підійшов до клітки і почав по всіх стріляти спеціальними голками. Мене паралізувало. Я впала. Впали інші. Я бачила все. Тільки не могла поворушитися. Клітку відкрили. Лаборанти підійшли до нас. І у кожного узяли зразок крові. Далі провели пальцевий огляд кожного з нас.

Вони щось говорили: цей годиться для того-то,.. ця годиться для іншого,.. цього поки не заражати, а ось той і два експерименти витримає…

- Дочекаємося результатів. А потім почнемо. – Сказав хтось з тих, що оглядають нас.

Вони вийшли, закривши за собою клітку. Ми лежали на підлозі та дивилися один на одного. Ми все чули, все відчували, все розуміли, але не могли нічого сказати. Не могли навіть легенько ворухнутися. Наші погляди з Вадимом перетнулися. І ми до вечора, не відриваючись, дивилися один одному в очі.

Було сумно і незрозуміло, чому все це відбувається з нами. Невже ми будемо матеріалом для експериментів? Ми більше ні на що не здатні, як бути вмістищем яких-небудь препаратів та їх комбінацій?

Поступово параліч пройшов. Спочатку відчулися пальці рук, потім ніг. Змогли рухати руками, слабкість в ногах дала про себе знати.

Ми змогли встати. Почали ходити з кута в кут в цій маленькій клітці.

Місто спало. Було не чутно жодного звуку. Виявляється, ці зомбі вночі сплять, як більшість людей.

Так що ж відбулося? Куди всі поділися? Невже ці змінені люди вночі приходять до своїх ліжок і продовжують своє перетворення з людей в монстрів? Чому вони вночі не працюють? Куди вони зникли? Або вони реально перетворюються із заходом сонець в перевертнів і безладно бродять по вулицях цього прекрасного і страхітливого міста у пошуках здобичі, якої не існує?

Архітектура міста велична. Але вона ніяк не укладається в голові. Ніби це місто будував художник, що ніколи не ходив в школу і тому не відвідував уроки фізики.

Почулася музика. Небагато божевільна, понад емоційна, глибока, з сильними нотами страждання і що знемагає смутком. І місто завило. Ніби всі люди одночасно почали вити. Це людське завивання, не перевертнів, не яких-небудь інших тварин.

Стало жахливо боляче чути ці звуки. У них перемішалися страждання від обпалюючого бажання та неможливості піти зі силою, яка примушує та робить з цих людей незрозумілих монстрів.

- Вони, напевно, борються. Може, їх можна врятувати? Можна вилікувати? Ви ж чуєте: вони не хочуть такими бути, а їх примушують жити по-іншому. Це ж мозок кожного воює з чимось усередині себе! Ви ж теж це чуєте? – Вигукнула я!

- Так, завивання, що плаче. І музика відповідна. – Сказав Вадим.

- Отже це що?

- Невже це співають люди? Треба тоді їх врятувати!

- Нічого не поробиш. Ми поки самі потребуємо порятунку. Ми ж в клітці. З нас самих таких монстрів скоро зроблять.

В цей час скрипнули двері. Ми насторожилися. Дихання перехопило. Я сильно злякалася…

Розділ 19

Даша…

Дарина стояла біля клітки. Ми з широко розплющеними від страху очима дивилися на неї.

Вона прийшла нас убити? Раптом вона відкриє свій рот – а там будуть гострі та скривавлені вампірські ікла?

Дарина показала пальцем:

- Тиссс…

Потім показала на розміщені над кліткою камери. І ще раз показала, щоб ми мовчали. Вона відійшла убік, щоб її не було видно в камеру стеження.

Дарина почала розмову пошепки, ледве чутно:

- Ви… залишайтеся на своїх місцях. Робіть те, що робили, щоб в камеру відеоспостереження не було видно, що вночі сюди хтось приходив. Не підходьте до мене... не дивіться в мою сторону. Я сама все розповім.

Ми були страшно здивовані. Чому вона сюди прийшла? І дуже ради були тому, що Даша нормальна, не така, як тут всі інші, окрім нас самих.

Даша продовжила все тим же шепотом, було взагалі трохи ледве чутно її:

- Камери слабкі. Записують розмову, але тільки гучна виходить якісно. Але мене взагалі не повинно бути чутно. Коли ви пішли… у печеру... ми Вас чекали декілька днів. Потім піднялися. Побачили цю вертикальну поверхню замість стіни. Декілька днів повартували в самій печері. Потім спустилися. Ми не зважилися пройти через неї, оскільки Ви ж не повернулися. Ми не знали, що робити, вирішили вернутися на корабель. Повернувшись, взялися за заселення цієї планети. Ми ж хотіли знайти свій дім – ми його знайшли. Залишалося тільки розміститися в цьому домі, оббудуватися, розкласти свої речі, почати вести своє господарство. Ми вирішили поселитися в оазисі. Почали будувати міста, приручили драконів як кур'єрів: чіпляли на них вантажі, а вони переносили їх в потрібне нам місце. Через рік у нас вирубало всі прилади, вся зброя перестала працювати. І на цю планету прилетіли якісь істоти. У них був величезний космічний корабель. Плоский і овальний. З них вийшли монстри, схожі на восьминоги. Але голова та кожна щупальця була одягнена в броню. І на броні була зброя, вбудована в неї. Ці монстри заявили, що планета їх, що ми без дозволу поселилися на ній. І що ми відпрацьовуватимемо своє існування на цій планеті. Що ми будемо їх ще однією колонією, яких у них багато. І що ми будимо будівельниками. Монстри прямо так і заявили: «Ви почули свій вирок, перед нашими Богами ми справедливі. А зараз за виконання вироку». Ці тварюки пустили якийсь газ, після чого всі ставали строгими, суворими, як роботи або як очманілі чимось. На мене чомусь це не подіяло, але я прикинулася. Повторювала за всіма. Ці восьминоги наказали нам: Ви будуватимете для нас місто за нашими уявленнями, а вночі будете перепрограмуватися через нашу мелодію та відновлювати своє тіло. Вони сказали, що зі всіх скорених народів, ми єдині, які щось складне будують. Тому нас вирішили використовувати як будівельників.

Креслення вони дали свої. Їх намалювали свої архітектори-восьминоги. Ці істоти прилітають щороку на нашу планету, і щороку нас обсипають цим дурманним газом. Я думаю, якщо б вони не прилетіли разок через рік, наші б відійшли від отрути - і я б їм все розповіла. І ми б знайшли рішення, як від них позбавитися. Ці монстри залишили свою документацію в своєму головному офісі на цій планеті. Який ми побудували до другого прибуття цих істот. Я ночами перечитую всю цю інформацію. Вночі всі сплять, програмуються. Ця музика, яку ви чуєте зараз, насправді могутня зброя. Там якісь звуки, які заново програмують людей. Вона уривається в мозок і пояснює, як треба поступати. На мене отрута подіяла ні зразу, а потім, але все одно дуже слабо. Я чула інструкції, які доносилися з цієї мелодії. Коли відійшла від отрути, перестала чути установки, тепер тільки чую музику, дивну, красиву, сумну, але музику. Ви теж чуєте тільки мелодію, а решта всіх людей, які під дією отрути, чує мелодію та ритмічні вказівки, команди в ній. Музика включається головним комп'ютером, який залишили монстри. Я думаю, вимкнувши мелодію, люди залишаться отруєними, тільки не отримають нову порцію установок, як швидко та добре треба будувати це місто. У документації, яка в цьому офісі чудисьок, написано, що нами побудоване місто буде столицею цих монстрів. Там така велика назва цього народу: ноніусний штангенрейсмус. У інших варіантах народ називається «ноніусами». Так от, ці ноніуси хочуть переселитися зі своєї столиці в цю нову, яку ми будуємо. Наш космічний корабель залишився не зворушеним, треба тільки до нього добратися та злетіти. Я не змогла б сама це зробити. У мене немає достатніх знань цієї справи. Я можу принести всю документацію цих ноніусів. І ми разом бігтимемо на наш космічний корабель. Тільки одне прохання: візьміть з собою Павла, мого хлопця. Він живе біля цієї лабораторії. Павло ж біолог. Пам'ятаєте? Тільки його треба чимось оглушити та прив'язати. Павло теж заражений. Його треба забрати насильно. Я хочу його вилікувати. Будь ласка! – У Даші потекли сльози. – Я допомагаю Вам, Ви допомагаєте мені – рятуєте мого хлопця. Я думаю, сьогодні вже не встигнемо. Треба планувати на наступну ніч. Я піджену машини, вдосконалені, вони дуже швидко їдуть. Ми дістанемося до корабля за годину, коли покинемо місто. Тільки ось в місті треба їхати потихеньку та обережно, щоб нікого не розбудити. Це може зайняти годину-дві. Та ще з моїм хлопцем метушня буде: вирубати, зав'язати, занурити і стежити, щоб він не прокинувся. Обдумайте все почуте. Розмови не було! Чуєте! Ви зі мною не спілкувалися! Мене тут вночі не було! До мене не звертатися вдень! Нічого у мене не питати! Нічого мені не говорити! Я сама прийду, скажу, коли можна, все поясню, куди йти і коли. Між собою про це говорити тихо і непомітно. Вдень особливо не спати. Не треба викликати підозру. До речі, Вам теж треба поспішати. На Вас хочуть спробувати нові препарати, на зразок «нового довготривалого одурманення», яке може тривати більше п'яти років. Донині сильніші отрути знищували носія, тому зупинилися на тому, яким тут всіх потравили. А щороку прилітати і заново труїти – їм незручно. Ось наша лабораторія і займається створенням нового довготривалого дурману, який буде випробуваний на Вас. День-два в запасі є, поки вивчать всі Ваші аналізи, закінчать новий препарат, який ще на остаточній стадії розробки. А ось потім – Вам не втекти. Будьте обережні. У мене єдиний спосіб врятувати себе і Павла – це втекти з Вами.

Розділ 20

Новий день пройшов. Нас не чіпали. Але вони вичікували, коли можна почати свої експерименти. Ми нічим не видавали нашу розмову з Дариною. Нічого не питали у лаборантів, нічого їм не говорили. Між собою спілкувалися рідко і ні про що. Щоб нудно не було.

Вночі Дарина прийшла. Вона була готова на рішучі дії.

Спочатку Даша завантажила у відеокамери інше зображення, зняте за минулу ніч.

Потім дуже тихо відкрила клітку. Вона сказала:

- Слідуйте за мною. Тільки тихо. Нікого не розбудите. Прагніть рухатися плавно, ледве чутно. Від цього залежить вся наша операція. У чорного виходу стоять машини. Та не біжіть же! Потихеньку підходимо до машини. Всі чекають мене і моїх вказівок!

Так, стриматися було важко. Але треба не поспішати, інакше ми все зіпсуємо. Як добре вдихнути вільне повітря! Як це приємно відчути себе у відкритому просторі, хай в незнайомому місті, та зате поза маленької, та і великої теж, клітки! Свобода! Як я за ці дні скучила по свободі!

Ми підійшли до чорного виходу. Даша показала нам знаками «тихо»:

- Я сама… - Сказала Дарина.

Вона дістала ключі і поступово акуратно відкрила двері чорного виходу.

Подуло свіжим нічним повітрям. Приємна прохолода! Що тепер? Ах, так, машини. Вони тут. Ми сідаємо. Теж стараємося тихо. Але від хвилювання це виходить важко зробити: хочеться швидше звідси забратися. Даша якимсь дивом вмудрилася пригнати сюди три машини! Так, нелегко було їй.

- Це машини нашої лабораторії. – Пояснила Даша. – Але забрати кожну зі стоянки лабораторії теж стоїло великих зусиль: їхала помаленьку і плавно, щоб не шуміти. Довелося наперед залишити двигуни працюючими. Їдемо прямо, потім направо, ще направо, потім прямо – й упремося в будинок, в якому спить Павло.

- Поїхали!

- Тільки повільно і тихо! – Ще раз попросила Дарина.

- Які хороші дороги! У нас в місті таких ніколи не було. Та й на всій Україні.

Їдимо, роздивляючись вулиці.

- Ось тут. Його будинок тут. Мені потрібно трьох хлопців. У мене препарат в шприці, який його вирубає. Тільки треба діяти дуже швидко. Не треба уломлювати двері. Адже це і мій будинок. Я ж його дівчина. Тільки після одурманення ми тепер просто сусіди, сплячі на різних ліжках, але які живуть в одному великому новому будинку, побудованому по подібності будинків тих чудовиськок, які придумали всю архітектуру цього божевільного міста.

Дарина відкрила ключем двері. Вадим, Валентин і Аркадій зайшли слідом за нею. Інші залишилися в машині. Що там відбувалося – мені невідомо. Було тільки чутно, як щось впало на інше щось. І після цього повна тиша. Дарина і хлопці із зав'язаним і відключеним від цього світу Павлом вийшли з будинку хвилини через 20. Так, важка робота. Але вона пройшла успішно.

Павла завантажили в машину. Він якось дивно виглядав.

- Це від препарату. Він повинен нам як мінімум добу не заважати. – Пояснила Дарина. Тепер рухаємося з міста кротчайшим шляхом. Тільки поволі і тихо! Нікого не будимо!

Важко стримуватися, коли розумієш, що в твоїх руках засіб, за допомогою якого можна дуже швидко звідси утекти. Але Даша знає, що робить. Вона ж з цими видозміненими людьми прожила майже чотири роки. Вивчила їх поведінку. Свою підстроїла під них. Таким чином вона сама пристосувалася до цієї поведінки, щоб не відрізнятися від всіх інших.

Ми мовчимо. Й їдемо. Мало-помалу, виснажливо, млосно, із завзяттям, що ледве стримується, втекти щонайшвидше кудись. Так, нам нікуди не втекти, окрім свого космічного корабля.

Як ми за ним скучили! Нарешті ми знову побачимо свій рідний дім!

Ура! Виїжджаємо з міста! Його контури скоро залишаться позаду! Ще терпіння! Ще! Терпи! Ще трішки – і ми на волі!

А якщо корабель зруйнований? Принаймні, зсередини? Якщо вони залишили оболонку корабля і забрали всю апаратуру? Або розібрали на метал самі стіни корабля? Тогда наші спроби даремні.

- Корабель залишився незайманим. Ці тварюки вирішили, що ніхто не зможе опам'ятатися. А вивчити коли-небудь його будову і подивитися, як він працює – може їм пригодіться в нагоді для створення чогось нового. – Немов прочитала мої думки Дарина. І додала. – Цю інформацію я знайшла в інструкціях, які виявила все в тому ж офісі цих монстрів.

Їдимо. Вже прискорилися. Серце почало стукати швидше. І ось воно: вдалині з'являються контури нашого космічного корабля. Кинутий і забутий всіма, він ніби нас зустрічає своїм переливом світла на своїй металевій обшивці.

Як я рада тебе бачити! Я скучила по цій холодній, але такій, що чекає нас, конструкції.

Ми під'їжджаємо ближче.

Ніби нічого не змінилося.

Підходимо ближче…

А тут по нас починають стріляти…

- Ну, тварюки, не підходьте! Ви мене не заразите! – кричав хтось зсередини.

- Та ми не заражені. Ми піти хочемо звідси. З цієї планети. – Крикнув Вадим тому кричущому з корабля.

- Доведіть!

- Ми ж з тобою спілкуємося, умовляємо тебе. А заражені можуть тільки говорити у справі. Мінімум слів. – Крикнула Даша.

Незнайомець продовжував:

- Може це новий препарат, вдосконалений. Не вірю!

- А чому ти не відлетів, чому весь цей час знаходився тут? Якщо міг би спокійно узяти і відлетіти з цієї планети? – Запитав Аркадій.

- Він не уміє літати. – Відповіла я.

- Віталік! Це ти? – Запитала Дарина.

- Так, це я.

- Ми такі ж, як ти, - утікачі. – Сказав капітан. – Впусти нас і ми разом відлетимо. У нас мало часу. Скоро за нами прийдуть. Ми ж самі втекли від них. А знайшовши нас, вони захочуть обшукати корабель – тоді і тебе знайдуть точно.

- Добре. Я не стріляю. Обіцяю. Заходьте.

Ми вийшли з машин і пішли до входу на наш космічний корабель.

Зашли в ліфт... і всі в мить опинилися усередині цієї рідної, бажаної конструкції.

Розділ 21

Ми усередині цього величезного корабля ... Стоїмо і дивимося на те, як розглядає нас Віталік. З ним Надія, як завжди, у всьому рожевому.

- Чому Ви тут? – Запитав Вадим.

- Віталік хотів забрати свої малюнки, які спочатку боявся з собою брати при поселенні. – Відповіла Надя.

- Ми прийшли за моїми роботами, я і Надя, почали збирати, думати, як краще їх перенести. Корабель до цього вже відключився. Ніхто не зміг знайти причину і знову включити його. Це космічне судно було залишене. І тут тимчасово були залишені мої картини. Але я не хотів надовго з ними розлучатися. Ось і вирішив забрати. Ми були постійно на зв'язку через рацію. І чули все, що відбувалося у момент захоплення. І бачили. Все бачили: як повелися люди, що почали робити. Я відключив наше віконце в цій рації. Отже ми змогли бачити їх, а вони не підозрювали, що ми за всім цим спостерігаємо. Загалом, я все вимкнув, щоб нас випадково не засікли через рацію. А повертатися ми не зважилися. Та до кого? До ворогів? Врешті-решт: тут вистачить їжі мені, Наді, моїм дітям, внукам, правнукам, навіть якщо їх вийде тисячі.

- Дітям, яких народить Надя? Або тут ще одна жінка притаїлася?

- Ми тут провели прекрасні чотири роки удвох. І я хочу все своє життя провести з Надею. – Сказав Віталік.

- Чому не відлетіли?

- Хіба художники уміють управляти цим? – Здивувався Віталій.

- Добре, що тут опинилися художники, а то нам би ні на чому було б відлетіти. – Зрадів Аркадій.

- Гаразд. Нам пора вирішити проблему, із-за чого відключився корабель. Підемо в апаратний відсік. Тільки не всі. Тільки ті, хто розбирається в цьому. Чизи залишаться тут, на капітановому містку. Аркадій, Таня, Дарина, хай Валентин теж, підуть зі мною.

За цей час нічого не змінилося на кораблі. Тільки з'явився пил. І рослини в саду сильно розрослися.

Ми увійшли до апаратного відсіку. Вадим відразу попрямував до шаф з блоками. Виймаючи по черзі кожен, він шукав вади.

- Тут згоріло. І тут. І на цій платі. Ось і тут. Нічого собі! Скільки тут ремонтувати! Треба вибрати необхідне, а інше потім полагодимо. Тут же повинні були бути запасні блоки? Де ж вони? Ця робота надовго. Так, відбираємо головне, перевіряємо зв'язок. Потім ремонтуємо. Бігом. Принесіть мені ящик з мікросхемами. Схоже, на кожній платі згоріла як мінімум одна мікросхема. Зараз перепаяємо… Одна готова. Добре! Ще. Наступна… - Розбирався в проблемі капітан. – Друга плата готова… Ставимо блок на місце. Так! Запрацювало! Тепер інші блоки полагодимо… У цьому ящику немає потрібної мені мікросхеми. Принесіть мені інший ящик, який на верхній полиці, – там те, що рідко використовується.

Вадим ремонтував, перевіряв. Ми йому допомагали, чим могли. За роботою пройшло десь дві години. Нарешті, довгождане:

- Готово. Все працює. Готуватимемося до вильоту. – Обрадував нас капітан.

Так, я вийшла заміж за генія. Генія на ім'я Вадим…

Ми поспішили на капітановий місток. Вадим всіх построїв. І дав розпорядження:

- Готуємося до вильоту. Я управлятиму кораблем. Всі залишаються тут. Ніхто не йде по кімнатах. Мені може прігодіться в нагоді допомога кожного. Я можу сам справитися, але мені буде важко одному. Ви мені всі потрібні. Павла покладіть в лікарняну кімнату і закрийте, щоб нам не нашкодив. Прив'яжіть його до ліжка. Тільки міцно. Займіть хоч які-небудь місця. Стартуватимемо.

Всі розселися на місцях, призначених для команди управління кораблем. І стали чекати.

Вадим перевіряв роботу систем, роботу і шум двигунів, настроював зоряну карту, сонячні батареї розкрив, прокрутив, закрив. Перевірив наявність сонячних зондів на кораблі. І стан їх автоматики. Перепрограмував головний комп'ютер.

- А летіти куди будемо?

- Поки не знаю. – Сказав капітан. – В Космос. Подалі від цієї планети. Є ще варіанти, які ми не встигли перевірити. Головне, щоб ми не потрапили на ноніусів: на їх головну планету або захоплену провінцію. Шукатимемо потрібні нам планети. Харчів нам вистачить на декілька поколінь. Корабель великий, а нас дуже мало.

- А як інші?

Капітан промовчав. Ніхто не знав, чи повернемося ми коли-небудь сюди. Та і взагалі небезпечно повертатися на Білу планету.

- Вже світанок. Місто, напевно, вже прокинулося.

- Ось тому треба поспішати… 10, 9, 8, 7, 6, 5, 4, 3, 2, пуск. Полетіли! – Вадим міцно тримав кермо корабля. – Трансформуємося. Тримайтеся, палуба обертатиметься, щоб стати на потрібне місце. Краще пристебніться. Включаю гравітацію. Стискаю наше віяло зі сонячних батарей. І – полетіли!

Всі вигукнули з радісними схвалюючими криками та поплескали в долонях.

- Останні шари атмосфери планети вже пройшли. Входимо у відкритий Космос.

Космічний корабель плавно пересувався в просторі. А я дивилася, як Біла планета ставала все менше і менше, а потім і зовсім зникла, зливаючись з темнотою та розчиняючись в світлі зірок, що оточують її.

Розділ 22

- Підійдіть до мене. Я Вам покажу, куди ми летимо. Це сузір'я Аріна. Там повинна бути планета, схожа на нашу Землю. Влаштовуйтеся зручніше. Подорож займе якийсь час. Я задав координати бортовому комп'ютеру. Поставлю на автопілот. Я періодично перевірятиму, куди слідує корабель. Та він сам скаже, якщо зіб'ється з траєкторії. Звичайно, якщо не відбудуться які-небудь збої в роботі системи. А поки я тут не потрібний. Всі вільні. Танюшечко, підемо, поговоримо. Ми останнім часом так мало приділяли один одному уваги.

Всі розійшлися по кімнатах. Даша, Валентин, Настя, Аркадій та інші члени команди зайняли свої улюблені кімнати. А чизов просто розселили поряд у вільні кімнати. Ці каюти стали вільними, тому що їх власники залишилися рабами на Білій планеті.

Почалося звичайне життя.

Розподілили обов'язки, хто, чим займається на кораблі. Вадим вирішив влаштувати всім універсальний прискорений курс навчання всім необхідним знанням, які можуть пригодіться в нагоді для управління цим величезним космічним кораблем.

І ми знову зажили звичайним звичним життям: робота, навчання, вільний час і відпочинок.

Цариця завагітніла від Валентина. І повинна народити через чотири з половиною місяця. Прискорено у них, у цих чизов.

Ми з Вадимом зажили сімейним життям, розмістившись в його капітановій кімнаті.

Я продовжила вести щоденник, описуючи в ньому всі події, які відбулися з нами. Помріяла, захотіла повернутися додому, на нашу Землю. Але туди не можна.

Якось увечері (по годиннику можна оцінювати, вечір у нас або ранок, інакше ніяк не відмітиш різницю, в Космосі немає ні дня, ні ночі, тільки майже вічне світло навколо палаючих зірок і безмежна тьма, переплетена з цим світлом) Вадим дав цікаву ідею.

Він обійняв мене і сказав:

- Я хочу на море. Ні на одній планеті вже не буде нашого земного моря. Що, якщо використати ті тимчасові двері, які ми виявили на Білій планеті?

- Там же все зруйновано? І нонiуси правлять на тій землі. Або що? Є інші шляхи?

- Що, якщо влетіти в ту печеру через той желейний простір на цьому кораблі і, не зупиняючись, покинути Білу планету, але в іншому вимірюванні? І повернутися на нашу планету Земля. А раптом вона і в тому паралельному світі існує? І вона там така ж, яка була у нас? Я так хочу повернутися на нашу планету. Я так хочу ще раз побувати на морі, скупатися в ньому, а не шукати жалюгідну подібність моря на інших планетах. І в цих нікчемних копіях я ніколи не зможу поплавати. Я хочу додому, на Землю. І я хочу на море. На Азовське, на Червоне, на Чорне – все одно, лише б було море. Прекрасне, спокійне, таке, що переливається всіма фарбами палітри…

- Може потім, якщо нічого іншого не знайдемо. Може тоді нам ризикнути? Не можна ж всіх підставляти ради одного свого бажання. Нам треба знайти дім. Для цього підійде будь-яка планета, схожа на нашу Землю. Не можна всіма ризикувати. Хай утрясеться все. Ми знайдемо нову планету. Там залишимо нашу команду. А самі можемо спробувати. Тільки на маленькому кораблі, який швидше переміщається, чим увесь цей. Тут же є ще окремі маленькі конструкції на декілька чоловік. Хай це буде наш запасний варіант. Який може нічого хорошого нам і не принести. Ми ж не знаємо, наскільки зруйнувалася Біла планета в тому вимірюванні. І що зараз відбувається на ній? Може, замість неї там такий же вакуум. А перейшовши через цей кордон в печері, ми можемо опинитися невідомо де. І там теж можуть з'явитися нонiуси. Раз вони тут існують. Давай все обдумаємо. І рішення ухвалимо тільки потім, коли не знайдемо жодної відповідної планети, яка стане рідним домом. А поки хочу вірити, що ми знайдемо потрібну нам планету. І поселимося на ній краще за будь-яке інше небесне тіло.

Наступного дня, коли ми снідали в їдальні, Дарина підійшла до нас стурбовано і почала розмову так:

- А чому ми летимо саме на цю планету? Тобто ми летимо до сузір'я Аріна до планети Аліна? Так?

- Так. А що? – Відповів Вадим.

- Справа в тому. – Продовжила Даша. – Що таке схоже сузір'я є в документах ноніусів. Я всю ніч перечитувала, порівнювала і шукала схожість. У картах ноніусів, звичайно, інші назви. Але я прорахувала координати Білої планети, знайшла її в їх картах. Потім відклала траєкторію, куди ми летимо, на карті ноніусів – і вийшло, що ми летимо прямо в провінцію цього ворожого народу. Якщо, звичайно, я все правильно зробила. І якщо правильно знайшла нашу Білу планету в цих картах ноніусів.

- Я перевірю. А які координати головної планети ноніусів, щоб ми випадково не потрапили в самий центр проживання загарбників? – Запитав Вадим.

- Я ще працюю над цим. – Відповіла Дарина. – У ноніусів стільки планет, що я втрачаюся назвати їх головну планету. Хоча в документах описані назви, координати, структурні схеми, що до чого відноситься, все одно важко розібратися в логіці чужої цивілізації. Є одна дуже крупна планета, але про неї особливо нічого не написано. І є дуже маленька планета, яка постійно фігурує у всіх записах. Чи то це основне їх проживання, чи то це військова база, з якої починаються всі дії ноніусів. Ви не поспішайте з наближенням до цієї планети. А я постараюся щонайшвидше у всіх документах ноніусів, які у мене є, знайти відповіді на основні питання. Я принесу переклади, як тільки закінчу з цією справою. І відразу принесу. Принесу й оригінальні описи, і переклад. Може, я в чомусь помилилася. Треба все перевірити. Але комусь іншому: може, я щось неправильно розшифровую або в розрахунках якась помилка, яку я ніяк не можу знайти. Не помічаю її – і все!

- Тоді принеси мені оригінал. Я сам подивлюся. І спробую перевести. А ти потім принесеш і переклад. Разом порівняємо. – Запропонував капітан.

- Добре. Тоді відразу після сніданку. – Погодилася Дарина.

- Смачне м'ясо. Це Настя готувала?

- Так, я теж брала участь в приготуванні. Але основним кухарем на сьогодні була Цариця – дружина Валентина. – Відповіла Настя. І додала через невелику паузу. - Цариця знає стільки цікавих і зовсім нових для мене кулінарних рецептів, що я завела новий блокнот і в нього записую всі дивні рецепти чизов. А потім опублікую цю книгу по приготуванню цих цікавих і принадних блюд в співавторстві з Царицею. Це буде дуже корисна для всіх нас збірка чогось смачненького.

- Ну-ну, осмілюйся…

Розділ 23

Ми наближаємося до сузір'я Аріна. У цьому сузір'ї нас цікавить тільки сонячна система, в якій є планета під назвою Аліна. На ній всі умови дуже схожі із земними. Просканувати планету не вдається, тому що вона постійно покрита густим туманом. У Космосі планета здається бежевою зі ставками синього кольору. Природно: бежевий колір відповідає поверхні, синій – воді. Хто її населяє – це невідомо. Потрібно підлетіти ближче, що вельми небезпечно. Але ми ризикнемо.

У даних, які надала Дарина, неможливо повністю розібратися. Залишається сумнів: належить планета ноніусам чи ні. Переклад записів ноніусів виходить неповним. А зрозуміти все, що в цих документах описано – не вийшло. Видно, аж надто різна у нас будова мозку.

Ми все ближче і ближче до нашої мети.

Ця мета – планета Аліна.

Входимо в шари атмосфери. Виконуємо посадку.

Описувати, як сіли – не дуже цікаве заняття. Можна відкрити довідник по управлінню космічним кораблем – і перечитувати список дій багато разів день за днем.

Ми на планеті. Корабель стоїть у вертикальному положенні. Поки приземлялися – побачили поселення.

Побачили пізно, тому що туманна планета, погана обзорность на відстані, але, на щастя, встигли вирулити і зупинитися трохи подалі від цього поселення.

Істоти на планеті Аліна (можна її назвати просто: планета Туманка із-за великої кількості туманів) маленькі, що логічно обгрунтовано. Планета велика, відповідно все росте маленьким і навіть карликовим із-за величезної гравітації. Й рослини схожі на дерева банзай, такі ж маленькі. Деяка рослинність ще менша.

Ми не поспішаємо виходити з космічного корабля. Намагаємося все розглянути. Запускаємо супутник-вертоліт, який огляне прилеглі території.

Істоти поводяться дуже дивно: ми прилетіли, а вони нас не помітили.

Ці мешканці тутешніх місць схожі на наших маленьких мавпочок. Але тільки ходять вони зі знаряддями в руках і якимись будівельними матеріалами, а не з фруктами, як це робили наші брати менші на планеті Земля.

Будиночки у них простенькі, схожі на хатини. Але тільки складніше конструкція, чим у чизов.

Ні! Це ж дивно! Хтось прилетів на їх планету, поселився або розмістився поряд, в двадцяти кроках від них, а вони навіть не реагують на наш космічний корабель!

Це що? Звична для них справа? Невже сюди щодня хтось залітає? І їм абсолютно все одно: займаються своїм господарством і якимсь будівництвом – й інше цих мавпочок не хвилює?

Або вони нас не бачать?

Дивно це. Не поспішатимемо виходити з корабля. Оглядимося. Отримаємо дані з нашого супутника-вертолетіка (він розмірами, як іграшковий вертоліт), а потім вирішуватимемо, що робити далі.

Ми усілися на капітановому містку та уважно стали стежити за зйомкою нашого супутника.

На цій планеті істоти дуже волохаті. Очі маленькі. Сірого відтінку. Взагалі, істоти ці всі сірі. На голові дивні зачіски, пальмочки, що нагадують, які роблять мами своїм дуже маленьким дочкам, коли ще локони короткі. Але у них ці локони, що виходять з пальмочек, були довжелезні й такі ж сірі, як все тіло.

Супутник полетів далі. Наш корабель, як ні повертай наш вертолетік, вже був не видний нашій відеокамері. Супутник перелітав через піднесеності, через красиві річки. Зафіксував якихось тварин, схожих на кенгуру, добре зняв на камеру, що можна було побачити, як вони дихають.

Години через дві супутник зняв якісь великі та чорні силуети перед собою.

Ми збавили швидкість, опустили вертолетік ближче до землі. Та направили на ці лякаючі силуети.

Чим ближче підлітав супутник до тих чорних плям, тим виразніше ставало видно, що це величезні космічні кораблі, озброєні, щоб знищувати, підпорядковувати, примушувати.

Ми жахнулися.

- Це ж кораблі ноніусів! – Вигукнула Дарина.

- Що вони тут роблять?

- Як що? Захоплюють!

- Тому ті мавпочки на нас не реагували! Вони теж очманілі! Та теж постійно будують!

- Дістали ж ці ноніуси! Куди ні прилети – скрізь вони! Вони збираються весь Всесвіт підкорити?

- Де їх планета? Треба їм показати їх місце!

- Спочатку нам треба забратися звідси непоміченими! – Зауважив капітан.

- Вже пізно. Нас помітили.

У цей момент якісь щупальця схопили наш супутник-вертолетік. Подивилися глибоко в нашу камеру. Ноніус покривлявся нам. І прямий ефір закінчився. Камера відключилася.

Ми хвилину сиділи, не рухаючись і нічого не кажучи.

Потім схопилися, коли несподівано почули крик капітана:

- По місцях! Забиратимемося звідси! Якнайдалі! Злітаємо!

Вадим запустив системи, що відповідають за політ. Космічний корабель різко рвонув вгору, відриваючись від поверхні планети.

Ми покинули атмосферу планети Аліна та вже були в Космосі, як раптово перед нами з'явився інший космічний корабель, схожий на тарілку. Він застиг перед нами. Було видно, як відкриваються шлюзи та снаряди готуються вистрілити.

Вадим крикнув:

- Я включаю негативну швидкість! Приготувалися!

Ми бачили, як вилітають снаряди з того ворожого корабля, але у цей момент ми просто зникли з того місця, на якому нас хотіли знищити.

Розділ 24

Ми промайнули крізь Всесвіт на такій скаженій швидкості, що трохи не вилетіли з цієї галактики, не помітивши цього.

Негативна швидкість – це максимальна швидкість, яку підкорила людина, вона дуже близько наближена до швидкості світла. Але все одно залишається ще та маленька грань, яка не дає досягти такої бажаної всіма світловій швидкості.

При включенні негативної швидкості космічний корабель випробовує величезні навантаження. Він на якийсь час виходить з ладу, всі системи вимикаються. Відновити вдається тільки за допомогою сонячних зондів, які обов'язково повинні бути на борту. Сонячні або зоряні зонди (космічні віяла) випускаються в Космос, щоб вони розмістилися біля зірки та за допомогою своїх дзеркал направили світло (енергію) зірки на сам космічний корабель. В цей час саме судно розкриває своє сонячне віяло та оголяє свою обшивку, на якій розміщені сонячні батареї. І все робиться для того, щоб корабель швидко наповнити енергією. І все одно на відновлення потрібні дні, буває і цілі місяці. Просто не укладається в голові, наскільки багато енергії витрачається при використанні негативної швидкості.

Це явище використання максимально досягнутої швидкості людства назвали негативною швидкістю, тому що людина, присутня на кораблі, що летить з такою швидкістю, відчуває своє серцебиття дуже довгим. Рухи тіла здаються томливо повільними. Неначе все зупиняється. Здається, що світ стоїть на місці, а ми рухаємося ще повільніше за цю зупинку. Все завмирає. Наш погляд, здається, годинами дивиться в одну крапку.

Ось ця дія, що з'являється при використанні цієї швидкості, була названа негативною швидкістю.

Ми зупинилися. Навіть аварійні системи не включилися. Ми занурилися в тьму. Все додаткове автоматичне устаткування, яке присутнє на самому кораблі (віяло сонячне у формі парасольки, сама обшивка, зоряні зонди), почало свою роботу. Сонячні зонди розпочали свій шлях до зірок, віяло розпустилося на кораблі, обшивка зі сонячних батарей оголилася.

Космічні віяла оточили зірки і почали передавати світло нам.

Віяло корабля та обшивка з жадністю все це стала приймати.

Судно поступово накопичило зоряну енергію.

І корабель включився, запустивши першу аварійну систему.

Згадується недавнє минуле …. Що тоді відбулося? Спогади лякають…

Секунда пізніше – і наш корабель би перетворився на купу осколків, що впорядковано розлітаються з однієї загальної крапки. Відчули б ми смерть? І що це? Як це?

В якомусь фільмі було сказано: «Чим більше ми вивчаємо смерть, тим більше розуміємо, що про неї ми нічого не знаємо».

Тиша. Ніхто не сміє нічого сказати. Всі в жаху від вірогідності того, що нас вже могло не існувати. Та в радості, що ми живемо… хай у вигнанні, … але… дихаємо… хай не планетарним повітрям, … але… переміщаємося … хай не на поверхні планети, … але ми дихаємо, живемо, рухаємося – і все інше дрібниця. Людина до всього звикає. До всього пристосовується. Але ми ж не одні. Ми з кимось. З нашими коханими та недавніми знайомими. Ми любимо і нас люблять.

А життя без любові перетворюється на існування. Але можна жити й одним цим існуванням. Тільки чи надовго цього вистачить? І хто захоче так жити? Буває від любові вже нестерпно задушливо. Хочеться побути наодинці з собою, присвятити час собі, а не служінню комусь.

І зробити щось значне. І вже не важливо: чи для людства це буде. Проста відповідь: для себе! Для себе коханій! І вже байдужі засудження інших. Засудження будуть завжди. Особливо, якщо ти переможець.

Але потім все одно стає самотньо. І ми нудьгуємо.

Ось тоді ми біжимо до своїх коханих, не дивлячись на те, що не закінчили свій «великий» план.

- Що нам робити? Вони ж загарбники! Ми із-за них ніде влаштуватися не зможемо. Даша, скільки у нонiусів захоплених планет? Ти це знайшла в документах, які вивчала?

- Близько ста тисяч. Це ті, які придатні для створення колоній. На них може бути життя, а на деяких воно вже є. Та й жителі планет в підпорядкуванні. Ними управляють ноніуси.

- Що ж нам робити? Ми не зможемо так ніде поселитися. Скрізь нас переслідуватимуть вони. Навіть якщо якась планета виявиться тимчасово незайманою – ноніуси якимсь дивом її колись виявлять і прилетять завоювати. Логічно те: якщо ми знайдемо незнайдену раннє планету, то її можуть знайти й інші, у тому числі і ноніуси.

- Давайте знищимо головну планету ноніусів! – Запропонував Валентин.

- І це допоможе? У них може бути багато військових баз на інших планетах.

- Може і не бути, якщо вони прив'язані до певних умов існування.

- У нас же є атомні бомби на нашому кораблі.

- Навіщо нам їх знищувати? Це жахливо. Як можна навмисно знищувати чиюсь планету?

- Вони захоплюють весь Космос. Якщо їх не зупинити – вони поставлять на коліна весь Всесвіт. Силу треба використовувати з добром і розумом, а не підпорядковувати всіх навколо.

- Даша, дай координати розташування планети ноніусів. Ми слідуємо до неї.

- А це справедливо?

- Ти ж сама сказала: близько ста тисяч. Навіщо їм стільки? Треба це зупинити.

- Згодна.

- Я за напад на планету загарбників.

- Дамо їм жару!

- Це ж треба комусь зробити!

- Якщо ми їх не ослабимо – вони знищать нас або поневолять. Але навіщо їм декілька людисьок і десяток чизов? Вони нас одним пострілом – і вирішать свою проблему. Вони ж так спробували,… зробили, тільки невдало для них.

- Всі згодні? Добре. Вивчимо матеріали, підготуємося і полетимо. Зруйнуємо цю планету! Нічого не залишимо. Зробимо з цієї планети прах!

- А як ми підлетимо непомітно?

- У нас є функція на кораблі «антирадар» і ще «невидимка». Антирадар – поверхня космічного корабля набуває потрібної нерівності, щоб відображені хвилі втрачалися в інших напрямах. А невидимка – камери знімають простір за кораблем і відтворюють це зображення перед космічним кораблем. Отже прилади не засікають нашу посудину, а очі бачать зображення, що спроектоване самим кораблем, який зображає види позаду корабля.

- А чому ми не скористалися цим при зльоті? І тим більше, коли перед нами з'явився корабель ноніусів?

- При зльоті не можна, все зайве ховається в обшивку, корабель вибудовує назовні гладку і термостійку поверхню. А при зустрічі з тарілкою ноніусів ми б не встигли. І який сенс? Вони нас бачили секунду тому чітко, а тут корабель плавно розчиняється, поки його зовсім не видно. Вони б про всяк випадок пустили б снаряди, а там – будь-яке пошкодження – і щось вже стає видимим. З цим треба прилітати непомітно, наперед настроївшись на невидимість. – Пояснював капітан принципи роботи. – Треба перевірити працездатність цих систем. Потренуємося і в шлях.

Ми декілька годин відточували виконання команд капітана по переходу з видимого в невидимку. Із звичайного стану в антирадар. Вадим знову провірив всі системи, настроїв головний комп'ютер на проходження до потрібних координат. Остаточні рухи, останні підготовчі вказівки і команди – і ми перетворюємося на невидимку, покриту лусками для заломлення хвиль, і починаємо рух до нашої шуканої планети.

Розділ 25

Ми летимо до планети Імса. Це назва мешкання ноніусів. Нам довелося пробути в дорозі декілька днів, здійснюючи рухи скачками (то негативна швидкість, зупинка на відновлення, то знову ця ж швидкість) перш ніж ми побачили зоряну систему, в якій обертається планета Імса.

Система складається з двадцяти манісіньких планет, найбільша з них – та, яка нам потрібна. Але все одно Імса – дуже маленька планета. Вона менше нашої планети Земля в 2 рази, навіть трішки менше цієї різниці. Тому ноніуси більше нас: тому сприяє менша гравітація на рідній планеті.

Звичайно, наблизившись до мети ближче, ми летимо тепер з включеними антирадаром і невидимкою. Рухаємося плавно, поволі, даючи можливість камерам якнайкращим способом запам'ятовувати зображення позаду себе і відтворювати його з найбільшою точністю.

Навколо планети застигла в просторі безліч космічних кораблів. Все одно всі вони нагадують тарілки. Тільки одна більше, інша менше. Там же розташована заправна станція. Це, що відбувається, все нам Даша пояснює, поглядаючи назовні і одночасно читаючи описи в документам нонiусів. Кораблі стоять один за іншим, проходячи через якісь умовні ворота, підключаються до якоїсь споруди, яка є їх своєрідною заправкою, потім якийсь час застигають на одному місці, подається сигнал – і корабель, що отримав дозу, йде далі, а його місце займає наступний, такий, що чекав в черзі.

Цей світ красивий. Але ворожий.

І так багато космічних кораблів! Нам буде неефективно зруйнувати тільки планету – треба ще постріляти і в ці тарілочки. Звичайно, ми включимо негативну швидкість. Ось тільки чи встигнемо це зробити?

Ми підходимо ближче. Готуємося ударити по планеті та по корабликах одночасно, будучи поряд, створивши плутанину.

- Невже ми візьмемо на себе такий гріх?

- Або вони, або ми. Ми намагаємося всього лише вижити. З ними ми не виживемо.

- Готуємося. Настроїлися на цілі? Комп'ютер захопив всі основні цілі? Не переживайте, автоматика сама стрілятиме влучно і вибере ту послідовність, яка найбільш ефективна і безпечна для нас у випадку, якщо вони встигнуть відбитися.

Отже, кораблі під прицілом, у бік планети Імса готові вистрілити декілька снарядів.

- Буде ударна хвиля, ми можемо трохи постраждати. Тому ми зробимо так: стріляємо, чекаємо, поки бомби майже долітають до цілей, переконуємося в правильності траєкторій (навіть хоч снаряди і настроєні, і переслідуватимуть свої кораблики в русі), а потім перемикаємося відразу ж на негативну швидкість – і зникаємо. Все робимо швидко, правильно і відразу.

Ми ще трішки підійшли ближче. Тут наш корабель різко втрачає невидимість – і одаровує всіх навколо гарячими подарунками. Коли ми переконалися, що снаряди летять правильно і переслідують свої жертви, ми, не чекаючи вибухів, перемикаємося на негативну швидкість. І корабель набирає неймовірну швидкість.

Позаду себе бачимо яскраві фейєрверки, що вибухають майже одночасно з різних сторін, осколки, що летять, які намагаються нас наздогнати, і хвилі вибухів, що пожирають все на своєму шляху, ростуть в геометричній прогресії, прагнуть торкнутися нас долонями полум'я, але ніяк вони не встигають за нами.

Декілька моментів – як завжди стресовий час в таких ситуаціях дуже сильно розтягується, будь-який короткий шум триває довгими хвилинами – і ми прощаємося з цими видами, ми проносимося через зоряні шляхи (слава богу, нікуди не врізаємося) і виявляємося далеко від місця побоїщ.

І знову ми в темноті. І знову жодної дії на кораблі. Після такого нашому дому, що літає, доведеться довго відновлювати свої сили.

- Може, злітатимемо, подивимося, що там залишилося? Щоб знати: чи зруйнований ворог або нам знову ховатися для своєї безпеки. І готуватися до нового нападу на них.

- Чому у них кораблі були без захисту? Як у фільмах показують: стріляй або не стріляй, все одно снаряди відкидаються, не долітаючи до обшивки. А коли комусь вдається відключити цей захист – всі кораблі сприйнятливі до обстрілу і руйнуються під дією снарядів.

- Може вони не додумалися до цього? Може, не було необхідності? Або не змогли це реалізувати, як людство не придумало, а як це отримати?

- Добре, що не здогадалися, як це зробити. Інакше всі наші спроби були б дарма. Та і себе відкрили і поставили б під удар.

- Відновимося – і злітаємо. І знову у вигляді невидимки. Плавно і поступово.

Розділ 26

- Отже, є декілька планет, на яких є військові бази або це намічалося в проекті. – Розшифровувавши дані, зібрані в офісі ноніусів, Даша пояснювала нам можливі варіації нашого майбутнього. – Вони повинні були бути достатньо обладнаними і підготовленими. Там повинна бути зібрана третина арсеналу всього народу ноніусів.

- Значить, треба і на ці бази напасти. – Запропонував Валентин.

- Ми спочатку повернемося на місце недавніх руйнувань, підійдемо непомітно. Якщо до них прибула допомога – ми її знищимо. А потім візьмемося за реальні або можливі військові бази. Якщо вони і є, то основні з кораблів, що залишилися, прибудуть на місце події, щоб знайти, хто ж вижив, і з'ясувати, хто ж напав. – Роздумував вголос капітан.

- Шлях знову займе декілька днів. Але ми готові чекати. Адже нам все одно нікуди йти і ніде жити, окрім як бовтатися в Космосі і жити на космічному кораблі. – Аркадій засмучено ділився своєю безвихідністю.

- Ми хоч би вижили, а інші залишилися на вмираючій Землі і вже давно всі загинули. – Заспокоювала його Дарина.

- Значить, вирішено: летимо назад по напряму планети Імса, по дорозі корабель відновлюється, міняючи зірки як джерела енергії. Через день включаємо невидимку і антирадар. І плавно і ще повільніше підходимо до нашого місця нападу. Готуватися особливо не до чого. Вже цей сценарій відпрацьовували багато разів. Потрібно всього лише його повторити. Ракети отже напоготові. Перепрограмую тільки головний комп'ютер корабля на новий шлях. І все: рухаємося до наміченої мети. – Сказавши це, Вадим взявся за перепрограмування головного комп'ютера.

Пройшло декілька тижнів. Нам треба було рухатися ще непомітніше і обережніше за минулий раз, тому що кораблі ноніусів, що залишилися, могли дуже ретельно сканувати зоряне небо. А для нас наше виявлення – це неминуча смерть. Ми ризикуємо, тому що інакше не зможемо існувати ні в одній точці Всесвіту: нас у будь-який момент зможуть виявити ноніуси – і підпорядкувати нас собі або знищити.

Ми дійшли до мети: місце розгрому нагадує про те, що трапилося: ще щось тліє, догорає, але зовсім трохи. За такий час все повинно було вже встигнути остигнути.

Так, ми опинилися праві: з'явився новий корабель. Величезний. І навколо нього декілька зовсім манісіньких, розміщених на останках підірваних кораблів. І на планеті адже теж хтось міг зупинитися? Шукають причину. Вивчають, чим їх підірвали. Нічого, ви швидко це отримаєте, раз так хочете помацати нашу горіючу суміш.

- Приготувалися!... Я настроїв комп'ютер на основний корабель, декілька бомб на планету Імса для тих, хто вирішив зупинитися на ній після того, що трапилося (для любителів екстремального відпочинку). І ще по одній зменшеній на кожен додатковий міні-корабель. І тоді можна розслабитися. Приготувалися. Натискаю!

І головний комп'ютер автоматично почав обстрілювати наші захоплені в камери огляду цілі.

- Та... Змиваємося! Негативна швидкість!!!!!....

Ну все... тепер знову сидимо в темноті та знову згадуємо, прокручувавши все в голові, нашу недавню подію. Залишається тепер почекати, поки відновиться наш космічний корабель. І зробити кругосвітню подорож у пошуках військових баз ноніусів, що залишилися.

- Так, сильно ми вимотуємо наш корабель. Утретє включаємо негативну швидкість за такий маленький проміжок часу! І він нас ще жодного разу не підвів. Ось це довершений виріб! Ось це ідеальний дім: захистить, нагодує, зігріє, дасть, де переночувати.

- Коли шукатимемо військові бази?

- Пізніше. Треба відпочити і фізично, і морально. Поживемо нормальним життям якийсь час, розслабимося і продовжимо почате. – Відповів капітан Вадим.

- А потім що? Коли знищимо всі ці бази? Що потім?

- Шукатимемо придатну для нас планету. Вірніше, продовжимо пошуки. Що-небудь знайдемо. Без дому не залишимося. В крайньому випадку, повернемося на Білу планету до наших очманілих друзів. Вони на той час можуть вже відійти від дурману. І возз'єднаємося з ними. Звичайно, якщо не доведеться боротися з ноніусами, які вирішили, мабуть, трохи погостювати на Білій планеті. Таким чином, і в цьому випадку треба підходити до цієї планети особливо обережно, щоб засікти ворогів і вчасно захиститися. І краще першими відкрити вогонь, якщо буде ясно, що ноніуси не хочуть з нами жити в мирі та злагоді. – Пояснив мій чоловік.

- Ось знову сидимо в темноті. Коли у нас відновиться енергія?

- Не відомо. Наші сонячні зонди стараються у всю. Викачують енергію з чергової зірки-жертви.

- Може, поживемо декілька днів без пригод? А потім продовжимо наш Хрестовий похід зі святою місією?

- Ну, можна. – Погодився капітан.

Розділ 27

Ми знайшли те, що шукали. Ми знищили військові бази ноніусів на інших планетах. Це було просто: вони нас не чекали. Ми підлітали до планети у вигляді невидимки з включеним антирадаром, сканували поверхню – і де засікали космічні кораблі, що приземлилися, – туди направляли наше знаряддя. Ми оглянули всі планети з можливими базами ноніусів. Всі, окрім однієї. Ми залишили її наприкінці. Це Біла планета. Наша перша планета, де ми спробували знайти щастя домашнього затишку. Але не знайшли. Тоді не знайшли.

Вже пройшов рік з тієї миті, як ми покинули Білу планету і почали колесити по просторах нашого Всесвіту спочатку у пошуках другого дому після Білої планети, а потім ради руйнувань, випереджаючи наших ворогів в такій буденній в історії людства справі – у військовому умінні.

Цариця народила дочку від Валентина. Вийшов ось такий гібрид людини-чиза. Дівчинка красива. Напівлюдина, напівчиз. Хоча більше схожа на маленьку блондинку з дуже білосніжною шкірою. Дівчинку назвали Алісою. Так Валентин захотів. А Цариця, як покірна жінка тепер уже двох народів (людей і чизів), не сміла суперечити своєму чоловікові та з радістю відразу погодилася.

Тепер пора звозити чизів на їх батьківщину. Скоріше, на прототип їх батьківщини.

Рік пройшов – значить, наші співвітчизники повинні були вже давно відійти від препарату, із-за якого вони перетворилися на неживих людей, зайнятих тільки будівництвом величного міста.

Постійте! А що, якщо ноніуси вирішили прилетіти на Білу планету раніше терміну їх запланованих візитів? Тоді люди все в тому ж очманілому стані та ноніуси могли спокійно розташуватися в цьому майже готовому (для мене те місто було вже готове для поселення кого завгодно, але видно, ноніусам було того мало) місті.

Прилетимо – дізнаємося. І, як стало у нас звичкою останнім часом, в прихованому стані, щоб ніхто нас не побачив і не помітив.

Ми вже летимо у напрямі Білої планети. Серце вже настроїлося на рідні місця. Дивно: там пробули зовсім небагато, а ті землі відчуваються рідними та близькими.

Окрім народження Аліси, майже повного руйнування цивілізації ноніусів (може і повного), нічого в житті більше не відбулося. Ми зробили декілька планет, на яких існувало життя, незручними на якийсь час для існування, для життя на них. Ми можемо себе утішати, що це в ім'я миру у Всесвіту, що не дозволимо нікому диктувати всьому світу умови, що не дамо комусь підпорядковувати весь наш Всесвіт... Але ми могли опинитися на місці ноніусів. І не як уражені. А в ролі загарбників. Як владики цих сузір'їв,... галактик...

Просто не змогли. Наша цивілізація сама себе зруйнувала. А ми – щури, що вчасно втекли, з тонучого корабля. Ми – всього лише крупиця нашої цивілізації, яка, не будь настільки к勭корислива, недружня і недалекоглядна – змогла б давно управляти всім світом. Всім Всесвітом. Але своя вигода важливіша. І гордість не дає поступити інакше. Зробити крок назад на примирення. І на розвиток загальної науки і техніки. Що ж, люди самі себе знищили. І за це заплатили всім, що мали.

Ми можемо жити на нашому космічному кораблі. Але це нудно. Ми поволі збожеволіємо, знаючи, що наші рамки обмежені. Та нового ми нічого не дізнаємося. А можемо шукати щось, знаходити щось, ризикувати важливим, але з розумом. І врешті-решт, знайти щось значне. Щось велике. Адже ми можемо знайти інше життя. Ми можемо знайти планету, повну достатку життя. І тоді зможемо передати нашим дітям цей прекрасний світ. А не життя в металевих рамках. Вийдеш за ці рамки – зникнеш.

Ми знайдемо планету, яка нас зустріне доброзичливо і дозволить нам продовжити на її просторах наш рід. Ми залишимо наші гени в живому виконанні на її території. І дамо поштовх для нової людської цивілізації. Яка знову таки може загинути. Але ми зробимо все, щоб помилки не повторювалися.

Ми залишимо спадщину у вигляді звернення до далеких предків, щоб вони завжди пам'ятали помилки старших і ніколи не повторювали їх.

Людина – істота, що намагається стати духовною. Скоріше, тільки деякі намагаються до цього наблизитися. Інші – навіть і не замислюються про це.

А чи заслужили ми на порятунок? На другий шанс, який нам відкрився? І ми змогли побачити все те, що ті, які колись жили на Землі, там й залишились, навіть і уявити собі не могли, що таке можливо.

Ми жили в своїх рамках. Іноді деякі проходили крізь них. Але не надовго. Вони поверталися назад. І думали, що зробили те, що інші ніколи не змогли б вчинити. Вони вважали, що наші ідеї – нереальні. Що ми хочемо неможливого. Що про це можна писати у фантастичних книгам. Але не використовувати це як інструкцію до застосування.

Іноді ми боїмося мріяти. Іноді ми боїмося вірити в наші мрії.

Тому, не вірячи в мрії, ми не прагнемо до них. Ми тоді віримо в дрібне, цілком реальне. На нашій мові «можливе». А в «неможливе» повірити нам страшно, навіть від самих думок страшно. І ми тоді будуємо маленькі мрії. І до них йдемо.

А ми поступили інакше…

Ми повірили у великі нереальні мрії. Ми не злякалися, не побоялися їх придумати для себе. Повірили – і стали йти, повзти до них. І приповзли. І виявилися врятованими. І зробили незабутній тур по зоряному небу. І хто б міг подумати, що у людини настільки буде цікава подорож в просторах Всесвіту?

Мрійте про страхітливо велике і значне! Вірте в яскраві та настільки великі, нереальні мрії! Тільки тоді ми рухатимемося у напрямі їх реалізації.

Я прочитала дуже давно ще на Землі в статусі в контакті однієї подруги: «Йди до своєї мрії. Не можеш йти – повзи до неї. Не можеш повзти – лягай у напрямі своєї мрії та лежи там».

Я думаю, середній час реалізації звичайної мрії – десь рік. Значнішої – трохи більше. Навіть якщо і не буде повного здійснення бажання – ми його отримаємо як мінімум частково або в іншому варіанті повністю.

Наша мрія на даний момент – знайти планету для повноцінного життя на ній.

Розділ 28

Ми повернулися. Ми бачимо зовсім маленькою Білу планету.

Пройшов рік, як ми її покинули.

Павло вже відійшов від отруєння ароматом ноніусів. І вони з Дариною добре проводять час. Даша відмовилася від чергової стерилізації. Павло був не проти самому відмовитися. Після того, що він пережив, що він все бачив і відчував, але не зміг управляти своїми емоціями та повелівати своєму тілу, - Павел сам хоче швидше створити сім'ю і зажити повноцінним життям.

Ми просканували поверхню планети – і нічого небезпечного не виявили. Ніякого чужого космічного корабля не було останнім часом.

Ми виконали посадку і відразу попрямували в місто.

Яке щастя! Всі стали нормальними! Всі видужали і зажили в цьому величезному місті.

Драконів перестали їсти. Їх стали використовувати як засіб пересування. Відкрилася школа для дресирування драконів.

Всі навколо щасливі! І всі нас узнають!

Видно, момент нашого нападу на планету ноніусів і подальша атака на їх військові бази були в той момент, коли ворогів не було на Білій планеті. Відповідно, ноніуси не встигли знову відвідати нам вподобану планету. Але все одно є небезпека їх появи.

- Дарма ми всі покинули одночасно наш корабель. Він повинен знаходитися в Космосі у вигляді невидимки на випадок повернення ноніусів. А хто захоче чергувати зараз на нашому космічному кораблі та бути далеко від всього бурхливого життя?

- А можна поставити невидимку і антирадар, будучи на поверхні?

- Точно! Можна, правда це не зовсім зручно: у момент нападу корабель виходить з невидимки, щоб злетіти і ударити в Космосі по ворогах. На поверхні вести війну для нашого космічного корабля проблематично. Гаразд, що-небудь придумаємо. Тільки потім. Давайте насолодимося зустріччю з нашими друзями і знайомими.

Ми всіх побачили, поспілкувалися, дізналися, що тут тепер життя йде своєю чергою. Бурхливо і цікаво. Люди блаженствують перебуванням на цій планеті. Вона стала їх домом. Затишним, доброзичливим, вільним і величезним.

Їжи та житла вистачає на всіх.

Люди, які зовсім недавно були очманілими, з таким болем згадують про їх жалюгідне існування, навіть не розуміючи, що з ними відбувалося, і чому вони були такими.

Ми все їм пояснили. Вони не могли повірити. Хоча все складалося: хтось прилетів, хтось наказав – і вони почали будувати. Розуміючи, що не для себе. Але все одно, роблячи, день за днем, працюючи на когось, як закуті в щось невидиме. Це щось управляло їх вибором і всім їх життям.

Вадиму незабаром стало нудно знаходитися в цьому великому місті, де для нього не було цікавої йому роботи.

- Давай житимемо на нашому космічному кораблі в Космосі біля цієї планети. Або політаємо трохи, помандруємо у Всесвіту, а потім повернемося. Мені тут нудно. – Признався мені Вадим.

- Давай. Мені теж хочеться щось нове і принадне. – Відповіла я.

Вадим пояснив команді, що раз він капітан, то повинен знаходитися на своєму космічному кораблі. Що він постійно чергуватиме і стежитиме за нашою безпекою в Космосі.

Ми, я і Вадим, повернулися на наш корабель. Приготувалися до зльоту.

- Ти не жалієш? – Запитав мене Вадим.

- Ти ж бачиш, нам цікаво навіть удвох, нам ніхто не потрібний. – Відповіла я. – А хто захоче з нами політати?

- Не знаю. Можна запропонувати комусь.

- Давай запропонуємо Аркадію і Тамарі.

- Добре. Я не проти.

Ми відклали тимчасово наш виліт. Домовилися (через рацію) зустрітися з Тамарою і Аркадієм біля міста.

Вони вислухали. Аркадій навіть зрадів:

- Кльово! Наша подорож продовжується.

Тамара погодилася, тому що її чоловік згодився.

Ось ми вже готуємося до зльоту. Останнє прощання з поверхнею. І вперед! У Космос! Правда, ми не вирішили, куди.

Ми не могли про це сказати всім, інакше у нас відібрали б корабель і не допустили б до нього взагалі, ніколи. Для всіх він – наш порятунок на випадок, якщо хтось прилетить, хтось нападе або якщо щось відбудеться з планетою, на якій в даний момент розмістилося людство.

Ми ще не вирішили, на скільки далеко злітаємо. Але, якщо про це дізнаються інші, то ми, коли приземлимося, більше не зможемо самі наодинці управляти нашим кораблем. Нам перестануть довіряти.

- Треба їм сказати, що ми пошукаємо зручнішу планету, ніж ця. Щоб ми не виявилися обманщиками. Тоді вони самі нас з радістю відпустять. – Запропонував капітан.

- Так, напевно, так краще.

- А якщо не відпустять? Якщо у нас відберуть його?

- А у нас є наші маленькі копії цього корабля? Вони ж повинні тут бути. Ми їх створювали. Вони повинні бути на борту! – Твердила я.

- Точно! Поки політаємо в цій зоряній системі. Розберемося з картами. Подумаємо. Зважимо можливості цих міні-кораблів. До речі, де вони? І де документація до них? – Надихнувся капітан.

- Все повинно бути в шафках для документів. – Відповіла я.

- Добре. Поки розбиратимуся. Влаштовуйтеся зручніше. – Запропонував Вадим.

Розділ 29

Ми чергуємо на нашому космічному кораблі. Стежимо за безпекою людства на Білій планеті.

Мій чоловік розбирається в документації. Шукає шляхи, як політати, залишивши основний корабель тут, а додаткові використовувати як наш особистий вид транспорту.

Земляни добре влаштувалися на Білій планеті – двійнику планети чизов. А ми тут, у відкритому Космосі, насолоджуємося зоряним небом.

- Вадим, пам'ятаєш, ти запропонував влетіти в печеру – і шукати нашу Землю в іншому вимірюванні? Може, час прийшов? – Запитала я якось перед сном.

- Ти це хочеш? – Запитав у мене Вадим.

- Ні, я хочу знати, чого ти хочеш. Не треба орієнтуватися на мої бажання. - Відповіла я.

- Я хочу спробувати. Є шанс – і я хочу його використати. Я все життя мучитимуся, що була можливість повернутися на Землю, - а я нічого не зробив, щоб перевірити існування нашої рідної планети.

- Давай спробуємо.

- Ти не жалітимеш?

- Не знаю. А ти?

- І я не знаю.

- Я тебе люблю.

- Я тебе люблю.

Ми заснули в обнімку. Так солодко… І добре! У об'ятіях улюбленого чоловіка так добре!

Сон був міцний у обох. І нам обом приснилася наша Земля. І прогулянки по ній. Вадиму приснилося море. А мені - наше місто, що розпускається навесні. Вадиму – Червоне море, що вабить собою, щоб освіжитися від африканського сонця. А мені – молоденьке, ніжно-зелене листя, танцююче з вітром…

Розділ 30

Вадим спробував працездатність міні-кораблів, що знаходяться на нашому основному кораблі. Переконався в їх хорошому стані. Оцінив місткість і кількість запасів, які помістилися в кожному такому кораблику. Перевірив ємність енергії, яка так само може накопичуватися через сонячні батареї в обшивці. І погодився: вони потрібного рівня. Те, що треба.

У одному з цих міні-кораблів Вадим вийшов у відкритий Космос, перевірив керованість і швидкість.

Все відмінно. Це те, що потрібно.

- Відмінна машина. Така комфортна. Літати на ній – одне задоволення. – Сказав капітан, виходячи з міні-корабля, коли той вже знаходився на борту основної космічної машини.

- Коли полетимо до нашої мети? – Поцікавилася я.

- Ще не знаю. Але скоро.

Ми вирішили зробити невелику зупинку космічного корабля на поверхні планети для перевірки деяких параметрів, експериментувати з якими краще не в Космосі, а твердо знаходячись на землі.

Ми приземлилися. Почали перевірку, запустивши автоматичний пошук помилок.

Вадим зі мною сходив в місто, щоб побачити інших і переконати їх в правильності однієї справи.

- Я хочу перевірити, - почав капітан - чи є в тому паралельному світі така ж планета Земля, як і та, яка була нашим домом. Якщо я її знайду – я прилечу за Вами. І ми знову житимемо на Землі, як і раніше. Основний корабель я залишу Вам, звичайно. Ви ж не думали, що я збираюся забрати у Вас основний засіб пересування? І Ваш захист? Я заберу міні-корабель, таких на основному нашому кораблі 120 машин. Зате я дізнаюся, чи є наша планета там, в іншому вимірюванні. І в якому вона стані. Ви ж самі бачите, що краще за саму Землю нам ще нічого не попадалося. Навіть Біла планета – це жалюгідне віддзеркалення нашого дому. Я узнаю – і прилечу за Вами. А Ваша справа буде: погоджуватися летіти туди чи ні.

- А якщо там нічого не немає – і ти загинеш разом з кораблем? Це ж великі втрати: лишитися капітана і самого міні-корабля.

- Все буде в порядку. Хто не ризикує, той не п'є шампанського!

- Нам і тут добре. Нам подобається ця планета. Ми не хочемо нікуди відлітати. Справа твоя. І безпека теж твоя. Дивися, щоб потім не пошкодував. Якщо ще встигнеш пожалкувати.

Вадим залишився зі своєю думкою. Ніщо не зможе переконати його.

Ми повернулися до основного космічного корабля і почали збиратися в довгий шлях.

- А там печера засипана з того боку? – Запитала я.

- Тому спочатку треба перед собою пустити направлений могутній промінь, який визиває точковий вибух, і відразу летіти за ним. Треба летіти через печеру з включеною могутньою лазерною зброєю. Якщо печера засипана – це її проб'є. – Відповів мені Вадим.

- А якщо там вже немає планети, на якій стоїть гора з того боку?

- Двері все одно повинні були залишитися. Ми потрапимо відразу в Космос. Тільки тоді буде важче по дорозі назад, якщо вона нам взагалі потрібна.

- Чому?

- Координати ми то зможемо відстежити, запам'ятати, але адже планета оберталася навколо своїх зірок. А що, якщо і самі простір-двері в те вимірювання тепер обертаються по тій траєкторії? Її буде складно так точно обчислити, враховуючи, що і планета рухалася навколо своєї осі. Та ще розберися, в яких координатах на самій планеті була ця печера. А цей простір ще може переміщатися сам по собі. А так ми хоч прив'язувалися до того, що можна поторкати. Отже, наш шлях може бути в один кінець. Можливо, ми більше не побачимо наших співвітчизників.

- А воно стоїть того?

- Не знаю. Я хочу використати свій шанс.

- Інакше мучитимешся все своє життя і жаліти. І вважати, що тобі перешкодили це зробити, що все могло бути краще. Чим тут. А потім пізно буде щось міняти. Поки молоді, енергійні, рішучі. Поки хочемо щось шукати, знаходити, дізнаватися, вирішувати загадки, відкривати таємниці – ось зараз і треба. Потім буде пізно. Тільки ось ми ризикуємо багатьом.

- Я знаю. По-іншому не вийде. Мало хто погодиться з нами полетіти. А ти хочеш? Ти впевнена?

- Нам же добре удвох?

- Так.

- Нам же цікаво удвох?

- Так.

- Я буду зі своїм чоловіком. І ми подорожуватимемо. Обов'язково щось знайдемо. І я завжди зможу займатися своїми улюбленими заняттями. Мені і одній не нудно. А ось тобі треба узяти якогось друга з собою. Адже тобі необхідне спілкування з друзями? Так само?

- Так. І кого пропонуєш?

- Все того ж Аркадія. Запропонуй йому. Він погодиться. Що він втрачає? Місця вистачить на всіх. І це заманливо: побачити нові території. Тут же вже ніхто не подорожуватиме:

що шукали, то вже знайшли. А там нова загадка. І нові пошуки. Це ж цікаво.

- Може ти маєш рацію.

- Що ж ти! Відлетіти вирішив! Не переконаєш тебе в зворотному! А ти когось не наважуєшся умовити! Йди і давай умовляй!

- Я подумаю.

Розділ 31

Ми летимо у напрямі таємничої печери. Вадим встановив попереду космічного міні-корабля лазерну установку, яка дає могутній направлений промінь. Цим променем можна спалити все в лічені долі секунди.

Звичайно, поки ця установка в режимі, що чекає.

Ось ми виявляємося біля тієї самої печери. І ми влітаємо в неї, включаючи відразу лазер, проходимо через цей часовий простір і...

І ми опиняємося в порожнечі Космосу…, ми летимо в космічному просторі на нашому космічному кораблі.

Так, значить, судячи з усього, планету зруйнували. Що? Як? Напевно, той метеоритний дощ, тільки кам'яні краплі виявилися напевно дуже великими, раз планета кудись зникла. Тільки на місці траєкторії обертання по колишній орбіті Білої планети навколо її зірок танцюють вічний танець якісь кам'яні глиби.

- Так, тепер важко буде повернутися назад. – Сказав Вадим. – Ніхто поки не жаліє?

- Ще не знаємо. Побачимо.– Відповів Аркадій.

- І тут була така красива планета? А зараз замість неї з'явився на її місці білий пояс астероїдів. – Тамара не могла повірити в те, що відбулося.

- Отже, нам треба слідувати в цьому напрямі. – На екрані капітан розвернув карту і показав пальцем, куди потрібно летіти. – Тільки це карта іншого вимірювання, нашого. А тут все може сильно відрізнятися.

- Нічого, знайдемо! Що ми втрачаємо? У нас їжі вистачить на всіх нас і на наших майбутніх дітей. І місця досить жити на цьому маленькому кораблі. Я думаю, тут ще поміститься чоловік двадцять. – Оглядався Аркадій.

- Тільки нашим правнукам буде тісно. – Відмітила я.

- Ми ж хочемо знайти нашу Землю, значить, знайдемо її. – Підбадьорила всіх Тамара.

- Так, красотіще. Космос і тут прекрасний. Тільки зоряна карта інша.

- Шукатимемо наш Чумацький шлях. Приблизно знаємо, куди треба слідувати. Звичайно, карта інша, але дуже схожа. Я думаю, ми з легкістю знайдемо нашу Галактику.

- Слухайте! – Почав Вадим. – Ми ж можемо завантажити дані про нашу планету в пошуку в бортовому комп'ютері, а потім включити навігатор і за допомогою наших вбудованих телескопів проглянути увесь цей простір. Знайде сама програма нашу Землю. Це зробить сам комп'ютер за допомогою завантажених нами даних про Землю. А потім сам навігатор автоматично побудує найкоротший шлях до Землі. Звичайно, ми побачимо список зі схожих на Землю планет. Тоді, якщо наша Земля виявиться непридатною для життя, то ми спробуємо щастя на інших схожих планетах. А поки влаштуємося зручніше і насолоджуватимемося нашим польотом в новому космічному просторі, небаченому нашому людству.

- Тут може існувати інше людство. – Зауважив Аркадій.

- Тут що завгодно може бути, як і скрізь.

- Хто зі мною в шахи пограє? Ніхто не хоче? – Здивувався Аркадій.

- Тут небо ще прекрасніше, ніж там, де залишилися інші. – Відповіла я.

- І скільки ще таких паралельних світів? І як їх побачити? Нам і декілька, скажімо, п'яти, життів не вистачить вивчити і пролетіти весь Космос, якщо він різний у всіх вимірюваннях. І особливо якщо цих вимірювань нескінченна множина. Як це все вміщається в цій порожнечі? А і порожнеча є матерією, яку ми не бачимо. – Все заглиблювалася і заглиблювалася в свої роздуми Тамара. - А де Божественний початок? Він є. Але в чому він? У цьому світовому розумі? А де тут цей світовий розум? Чому ми не думаємо однаково? Або думаємо? Так, треба ж ще уміти підключатися до світового розуму.

- Я читала, що за рахунок існування світового розуму легше вивчати ті іноземні мови, які відомі багатьом. А найважче вчаться мертві мови, якщо їми володіє всього декілька чоловік. – Підтримала я роздуми Тамари.

- Навіщо тобі вивчати іноземні мови? Адже у нас є автоматичні перекладачі, які розпізнають, перекладуть будь-яку промову потрібною тобі мовою і твоїми солодкими виступами донесе до іноземців. В даному випадку – інопланетян. – Поправив Аркадій.

- Не завжди ж будуть під рукою в потрібний момент наші пристрої-перекладачі. – Захищала я свою думку.

- Цей Космос нескінченний. І ми все одно поки летимо без заданої траєкторії. Може, фільм подивимося? – Запропонувала Тамара.

- Я за! – Відповіла я.

- Можна. – Сказав капітан.

- Чом би і ні. – Погодився Аркадій. – Подорож видасться довгою.

- Я хочу розумний. – Попросила я.

- Може передачу, що скачали з Географікса? – Порадив Вадим.

- Ні, хочу фільм. Корисний, романтичний, розумний. – Наполягала я.

- У мене є пропозиції. Ось. Цей. – Аркадій прокручував на екрані списки фільмів, з яких ми почали вибирати.

- Ні, цей не хочу.

- Я цей дивився.

- Не хочу ужастіки.

- А ось цей?

- Я хочу нормальний фільм, а не той, де комусь голову відривають іклами.

- Так от, він розумний, тільки з жахами.

- Давайте інший.

- Тут у нас зібрана вся колекція світового кіно за всі ці сторіччя. Завжди можна що-небудь вибрати на будь-який смак. – Сказав Вадим.

- Це копія? А оригінал залишився на основному кораблі?

- Сумніваюся. – Відповів Вадим. – Наша ідея порятунку не була прийнята урядами країн. Вони не повірили нам. І ми узяли з собою тільки копії.

Розділ 32

Ми її знайшли. Вірніше, її знайшов наш комп'ютер. Він видав список з чотирьох схожих планет, але ми думаємо, що вона – це найближча до нас планета з цього списку. Навігатор вже збудував якнайкращі шляхи проходження до всіх планет з цього довгожданого списку. Залишилося тільки перепрограмувати бортовий комп'ютер на нову траєкторію.

Ми чекали цього вісім місяців. Рухаючись скачками, чергуючи негативну швидкість із звичайним польотом.

Так, це швидко не вирішується. Але і на те спасибі нашій автоматиці – вона робить за нас роботу. Ми б ніколи самі не справилися.

Хвилювання, переживання…

Зустріч з нашою планетою Земля…

Яка вона? Наскільки хороша і прекрасна?

Невже мрія Вадима побачити море і поплескатися в нім тепер – це справа часу. Вона ось-ось здійсниться.

Земля від нас знаходиться далеко. А ми не можемо постійно летіти на негативній швидкості: кожного разу після її включення нашому міні-кораблю доводиться відновлюватися по декілька днів. Тому рухатимемося знову таки з максимально можливою постійною швидкістю, періодично вдаючись до використання негативної швидкості.

Ми продовжуємо шлях крізь невідомий Всесвіт, що небагато нагадує наш Космос, назустріч своєму дому, який може бути зовсім іншим.

Що нас чекає? Земля в процесі формування? Але тоді наш комп'ютер не розпізнав би її як нашу планету? Або вона в завершенні остаточного формування? На ній є живі істоти? Або ці форми істот обмежені тільки бактеріями? Чи лякають поверхню величезні монстри – динозаври? Які тварини мешкають? Чи є люди? І на якому вони етапі розвитку?

Дарма ми туди поспішаємо? Або це нам необхідно? Чи не можна знайти будь-яку першу відповідну планету – і там освоїтися?

Або присвятити своє життя вивченню цих безгранних простір, кружляючись в корабельному танці навколо планет, погостювавши на кожному небесному тілі зовсім трохи?

Ми давно слідуємо до наміченої мети, подорожуючи по цьому нам чужому вимірюванню, але навколо все та ж одноманітність різноколірних вогнів зірок в їх вічностях, так само відображеного світла зірок від планет.

Ще небагато – і мета близька…

- Як види? Подобаються?

- Вже не вражають…

Подібність, як би сильно не уміла людина йти в себе, в свій внутрішній світ, в свої роздуми, одні і ті ж види за ілюмінатором – вони навантажують і пригнічують, труять поступово, з'їдають зовсім непомітно, а коли помічаєш – так тебе вже і немає зовсім.

Скільки б ні було невивченої інформації на кораблі, скільки б ні було розваг, яким би масштабним не був віртуальний світ, створений комп'ютером, ми повертаємося в реальність. А реальність – знову лякає все тим же вчорашнім виглядом.

Хай ми просунулися ще, хай позаду вже інші зірки. Але це все одно зірки. Вони так схожі одна на одну…

Ми не хочемо зупинятися і розглядати планети, що трапляються на шляху. Ми хочемо швидше дістатися до мети. А відповідно наша подорож проходить тільки в транспорті, без зупинок і без прогулянок в місцях зупинок. І ми бачимо все тільки з боку, тільки віддалені силуети.

- Скільки нам ще летіти?

- Я, думаю, декілька днів до того, як ми побачимо Землю без прилада, тобто на власні очі.

- Вже?.. не дочекаюся ніяк…

Розділ 33

Ми готуємося до посадки. Планета виявилася тією, про яку мріяли. Це саме наша Земля, але тільки молодше.

Ми просканували поверхню – все безпечно. Нічого не немає, що може нам загрожувати.

Це точна копія нашого старого дому. І тут живуть люди. Ми ще не зрозуміли, на якому етапі розвитку людство, але точно не на високому: інакше ми б виявили розвинені міста і підземні споруди. Але нічого цього немає. Ці люди живуть на поверхні маленькими групками. І нічого схожого на зброю не виявлено нашими скануючими пристроями.

Ми зробили все необхідне для підготовки до посадки, зокрема приготувалися заразом і до ворожої зустрічі.

Вадим управляє кораблем і ми вже все ближче і ближче до поверхні двійника нашої Землі.

- Господи, приземлилися! Нарешті!

- Як добре! Ми вже удома!

- Чого Ви сидите? Готуйтеся до виходу! Раз-два! Пішли!

- Треба опам'ятатися.

- Від чого? Що тут такого? – запитала я.

- Зараз. Передихну трохи. – Сказав капітан. Але видно було, як розхвилювався Вадим під час дотику з поверхнею.

- Ти вперше на Землі? – посміялася я.

- Я зараз. – Відповів мій чоловік.

Ще трохи – і ми зробимо крок на зустріч до цього світу. Люк відкривається. Ми стоїмо в захисних костюмах від нападу і зі зброєю в руках. Оглядаємося. І бачимо, як застигли людиноподібні силуети біля нашого космічного корабля.

- Ну що? Так і вирячимося один на одного? – Прошепотів Аркадій.

- Вони в шоці. – Відповіла я.

- І не тільки вони. – Підтвердив Вадим.

- Залишається мені додати своє слово для посилення такого важливого моменту, щоб потім не було образливо, що я нічого не сказала. – Зауважила Тамара. – Гаразд, скажу: «Ми раді вас вітати!»

На нас так дико дивилися ті дуже схожі на нас істоти. І вони просто неначе перетворилися всі одночасно в камінь.

Тут несподівано хтось з цих «каменів» щось прокричав – і всі впали на землю, щоб нам преклонитися.

- Що там перекладач сказав? – Поцікавився Вадим.

- Він ще розшифровує, підбирає закономірність цієї мови. – Граючись з пристроєм-перекладачем, Аркадій намагається сам зрозуміти значення мови місцевого населення. – Хвилину, зараз… Ось: «Це Боги!». Вони сказали: це Боги.

- А мені подобається ця ідея. Як тобі моя божественність, Вадим, мені йде? – Посміялася я.

- Ти красива. – Відповів мені мій чоловік.

- Ну, раз ми Боги, треба поводитися належно. – Дав пораду Аркадій. – Пішли…

- Почекай, не поспішай. – Перебив капітан. – Ми ще не знаємо намірів всіх інших. Корабель закриємо. Зброю візьмемо з собою. Захисні костюми не знімати. Не відходити один від одного.

- До речі, капітан, а де ми приземлилися? – Поцікавилася Тамара.

- Біля моря. – Відповів капітан і досить посміхнувся.

- Мрії збуваються. Потрібно тільки наздогнати свою мрію. А для цього треба побігти за своєю мрією, куди б вона не поспішала. – Пофілософствувала я.

- Точно! – Погодився Аркадій.

- Ну, пішли! Підемо знайомитися.

Ми вийшли з корабля. Він автоматично закрився. Вадим включив дистанційно блокування і поставив на сигналізацію, щоб ми знали, коли його потривожать. Якщо взагалі це відбудеться.

Ми поступово йдемо, обходимо лежачі обличчям вниз тіла. А ці люди навіть і не сміють поворушитися.

Так, вони дикі. Це зовсім дикий народ. Хоча… вони ж одягнені. Значить, вже щось уміють цивілізоване, крім пошуку і добування їжі.

- Що ми їм скажемо?

- Скажімо, що ми Боги, раз вони так цього хочуть. Вони ж не зрозуміють, що ми з цієї ж планети, але тільки з іншого вимірювання і з іншого часу. Це людині з майбутнього поясниш, що ми з минулого. А навпаки – важко. Особливо, якщо знаходитися на такому рівні, на якому знаходяться ось ці милі створіння.

- Так, людині 21-го століття поясниш, що ти з 22-го. А ось житель 18-го за такі спроби сказати щось подібне, що ти з 22-го сторіччя, тебе відправить на багаття і назве чаклуном. Правда, стародавня людина поступить трохи краще: вона просто преклониться перед тобою, щоб тебе не прогнівати. Що і роблять зараз ось ці чоловічки.

Коли ми пройшли цю купку людей і попрямували далі, жителі цієї планети встали і пішли за нами, тримаючи велику дистанцію. А коли ми оберталися, то вони зупинялися і знову примикали до землі. На це було смішно дивитися.

Але ми не сміялися. Це неповажно до них.

Ми оглянулися. Знайшли блізі та інші поселення. І всі ці люди поступали так само: слідували за нами, а як тільки ми зупинялися та дивилися на них – падали на поверхню, щоб преклонитися нам.

Звичайне мирне населення. Ніякої загрози не було видно. Працюють, щось будують, щось готують, на когось з тварин полюють, за домашніми дивляться. Двома словами: такі ж. Такі ж, як ми.

- Геть і море видно вдалині. Дивися, Вадим.

Море було рівним і смирним. В цей час доби (після заходу, але ще було світло) воно зливалося з горизонтом і виглядало, як срібно-алюмінієва скатертина. І такий же білий світ з'являвся у вигляді блисків то тут, то там на поверхні моря.

- Давайте сюди повернемося завтра. – Запропонував Вадим. - Відразу попрямуємо до берега. Протестуємо воду в морі, проскануємо, на скільки можливо, її глибини. І, якщо вийде, скупуємося.

- А що робити з ними? – Запитав Аркадій, указуючи на супроводжуючих нас корінних жителів цієї Землі.

- Хай мучаться в припущеннях, чому ми пішли, нічого їм не сказавши. – Пожартувала я.

Розділ 34

Ми переночували на своєму космічному кораблі ради своєї безпеки.

- Який прекрасний ранок!

- Найголовніше – земний.

- Що робитимемо сьогодні?

- Капітан же хотів викупатися в морі.

- Так відразу?

- А навіщо чекати.

- Ну, збирайтеся. У шлях. За нами могли вже скучити наші гостинні господарі цієї планети.

- Пішли. Через півгодини чекаю біля виходу. Всередині біля виходу. Можна в захисних костюмах.

Почався дивовижний ранок. На Землі. Сонечко (цього вимірювання) приємно пригріло повітря. Все навколо пахло та цвіло.

Ми вже стояли зовні нашого корабля і вже збиралися продовжити наш вчорашній шлях. Як тут побачили натовп, який нам приніс цілі здорові корзини фруктів і живих маленьких звіряток.

- Нам жертвопринесення зробили.

- Або просто сказати: принесли подарунки.

- Пора подружитися з місцевим населенням.

- Підемо!

Ми подружилися з місцевими людьми. Показали їм, що нас не треба боятися, тому що ми прийшли з миром. Але нашу «божественність» ми не заперечували. Так буде краще.

Ми надалі стали їм допомагати будувати. Створювати нові будинки, які набагато більше та затишніше їх колишніх.

Вадим викупався в своєму довгожданому морі. І тепер щодня починає з купання в ньому свій графік. Таке життя – просто рай.

Ми узяли під опіку наших гостинних господарів і учимо їх тому, що уміємо. І відкрили школу, в якій навчаємо всіх охочих основним наукам. А особливо здатних і тим більше особливо охочих вчитися ми учимо потім і спеціалізованим знанням: медицині, біології, техніці, інженерній справі, астрономії, агрономії, що навіть люблячих красу не забули – їх вчимо дизайну, моделюванню одягу та техніці малюнка.

У нас місто насправді росло на очах. А люди з диких створень в миті перетворювалися на освічених фахівців, що жадібно поглинають знання і що мріють підкорити вибрані вершини.

Тамара викладала мови, літературу, учила складати та красиво говорити.

Аркадій влаштовував кожен вечір дискотеки після роботи та навчання. І ще викладав уроки музики всім охочим.

Вадим учив техніці, радіоелектроніці, астрономії, фізиці.

Я викладала свою улюблену математику і... я ще захоплювалася малюванням. Не живописом. Живопис люблю розглядати, але не люблю малювати маслом. В крайньому випадку, віддаю перевагу гуаші.

І ось я здійснила свою мрію та використала її на практиці. Я знайшла застосування своїм здібностям до малювання і в нашій школі викладала техніку малюнка. І відчула себе щасливою, що нарешті у мене вийшло зі своїм найдавнішим захопленням.

Ми хотіли повторити деякі відомі споруди тут, на цій Землі.

Тільки поки для цього не вистачало всіх навчених робочіх, а нас учотирьох було б мало для цієї затії. Може, ця ідея і не потрібна зовсім?

Ми хочемо побудувати розвинене місто зі всією каналізацією та розгалуженою телекомунікацією. Але своїми зусиллями та з переконанням інших. Нікого примушувати не будемо. Деякі вже заразилися цією ідеєю та й допомагають нам в цьому. А інші залишаються в своїх оновлених будинках і ще не вирішуються на такі великі зміни.

Тамара вже завагітніла. І скоро вони з Аркадієм чекають поповнення.

Її живіт просто величезний. Може, у них двійнята?

А ми поки що не зважилися на такий відповідальний крок. Я особисто боюся, що не встигну зробити всього, що запланувала, а дитина просто мене поглине – і я не зможу вже нічого іншого робити, як ростити його, любити та оберігати. А Вадим, як всі чоловіки, боїться невідомості та й таких великих змін в нашому особистому житті. Але ми готові. І це буде дуже швидко. Але не зараз. Трохи пізніше.

Ми тут вже провели майже рік. Ну, дев'ять місяців. Тамара ось-ось народить. І місто майбутнього почало вимальовуватися.

Ми так само не забули про свою безпеку. І побудували ще декілька космічних кораблів. Ми налагодили гірничодобувну промисловість. Навчили цій справі решти людей.

І підготували хороших пілотів, здатних літати на наших нових космічних кораблях.

І швидко це прігоділось, коли Вадим відмітив, просканувавши небо, що до нас наближається якесь космічне тіло. І, судячи по траєкторії та контурам, - це космічний корабель.

Одне радувало: на кораблі ноніусів зовсім не схоже.

Що це могло бути? І куди воно слідувало?

Капітан підняв тривогу і ми (команда з чотирьох чоловік) розмістилися на нашому головному космічному кораблі. А решта навчених пілотів, народжених з місцевого населення, зайняла інші, дрібніші, кораблі.

Всі були готові.

Всі приготувалися до найгіршого. Але ми хотіли вірити, що вони прийдуть з миром.

Ми вийшли у відкритий Космос. Решта машин послідувала за нами.

Ми чекали нападу, навівши приціл всіх наявних знарядь на нашого гостя. Насправді комп'ютер відстежував переміщення цього «металевого дива» і варто було натиснути на одну кнопку – і всі снаряди полетіли б в нього. І звичайно, відразу треба було б мотати з місця злочину, якби виявилось, що наші знаряддя безсилі в цій битві.

Але до нас поступив сигнал... Азбукою Морзе...

Розділ 35

- «Ми з миром... ми з миром... мир... мир... ми з миром...»

- І ти їм повіриш? – Здивовано запитала я. – Це може бути і справді,

і брехня.

- Не знаю. А Ви як думаєте? – Запитав Вадим у інших.

- Не знаю. – Замислилася Тамара.

- А хто їх знає... - Такі слова вимовив Аркадій...

Декілька годин пройшло в очікуванні. Кілька разів ми змінювали капітана на його місці, щоб постійно рука лежала біля кнопки пуску снарядів. Звичайно, можна було настроїти автоматичне реагування на які-небудь рухи в напрямі від чужого корабля, але людина краще аналізує вирішальну інформацію і не дає помилкових спрацьовувань на інші мішені та рухи корабля.

- Гррррр... Гррррааг... - захріп Аркадій.

- Ти удома не міг поспати?

- Потрібно чекати. Набридло. Коли там все вирішиться? - Утомлено запитав Аркадій.

- Не знаю. Почекаємо ще. – Відповів капітан.

Ще пройшло декілька годин в очікуванні...

- Все! Набридло! – Вигукнув Вадим. – Якби хотіли, давно б напали. Не такі ми вже і захищені. Та і вони не особливо блищать потужністю та грізністю свого вигляду. Малуватий їх корабель.

- А може це розвідувальна машина? А основний (головний) корабель прилетить потім? – Я злякалася за всіх нас можливою вірогідністю.

- Він би вже прилетів, побачивши нашу жалюгідну армію. – З'єхидничав Аркадій.

- Ааааа… ааааа… а… боляче… - Простогнала Тамара.

- Тобі ж через тиждень – два треба … - Розхвилювався її чоловік.

- Стрес все прискорює. Перенервувала із-за наших прибульців. – Пояснила я.

- Унесіть її звідси! А то вона сама ногою натисне на цю небезпечну кнопку! І ми підсмажимо наших незнайомців! – Прокричав капітан.

Вадим залишився на декілька хвилин один в цьому відсіку. Я незабаром повернулася.

- Що робитимемо? – Запитала я.

- Не знаю. Почекаємо ще небагато.

Пройшло ще біля півгодини.

- Вони могли вже напасти. Але цього не зробили.

- Дружимо з ними? – Поцікавилася я.

- Дружимо.

Вадим відправив їм відповідь все на тій же мові Морзе:

- «Ми з миром, дружба, мир, дружба, мир».

Ми отримали відповідь:

- Поговоримо на поверхні? На планеті?

Ми відповіли:

- Так, поговоримо на поверхні планети.

Наші космічні кораблі виконали посадку одночасно з кораблем прибульців.

З нього випливли істоти, які майже не торкалися поверхні Землі, абсолютно голі і однотонно-білі. Вони дивилися на нас. Один з них підійшов до нас і доторкнувся обома руками до мене та Вадиму одночасно. І ми побачили…. Ми побачили загибель їх планети від величезного метеорита, їх обряди та присвячення, якісь ритуали з баченнями. І ще ми побачили, як з нашою планетою зіткнеться схожий метеорит, який викличе величезні цунамі. Побачили, як ці хвилі затоплять в мить все навколо. А впаде метеорит на іншу частину планети. А на тій території, де ми зараз, буде потоп, що уб'є багато.

- Вони ясновидиці? – Запитала я.

І у мене в голові прозвучав мій голос, хоча я нічого не говорила, навіть сама собі розумово:

- «Так».

- Що робитимемо? – Поцікавилася я у Вадима.

- Побудуємо Ноїв ковчег. – Відповів Вадим.

- Коли це буде? – Я не заспокоювалася.

У мене в голові знову прозвучав мій голос:

- «Через один рік».

Вадим запитав:

- Хто Ви і навіщо Ви тут?

І знову у мене відповідь сама прозвучала в моїй голові:

- «Ви маєте рацію, ми ясновидиці. Ми з планети пророків. Планету звали Хемма. Ми прилетіли вижити та знайти новий дім. Нас мало. І ми прийшли з миром. Ми ніколи не уміли воювати…. Нам забороняє нападати наша віра. Тому не змогли захиститися від метеорита. Ми Вам допоможемо в створенні вашої конструкції. І допоможемо вам врятуватися. Прийміть нас з миром. І ми поділимося з Вами нашими досвідом, уміннями, знаннями. На нашому космічному кораблі – ми всі. Більше ніде нас немає. Це те, що залишилося від нашого народу».

- Добре. Ми Вас приймаємо. Живіть у нас з любов'ю та пошаною до кожного жителя цієї планети. – Вадим продовжив. – Особливо до корінного населення Землі. Ми теж тут гості. І нас теж добре прийняли.

Ми взялися за свої справи. І тут я пригадала про Тамару:

- А як Тамара? Народила?

- Скоро дізнаємося. – Відповів Вадим.

Ми попрямували до входу нашого корабля та поспішили у відсік, де повинні були знаходитися Тамара з Аркадієм.

А там вже все відбулося: Тамара спокійно лежала, а на її грудях солодко спали два малюки.

Аркадій щасливо прошепотів:

- Хлопчик і дівчинка. Їм не заважатимемо.

І ми вийшли.

Розділ 36

Коли ми вперше побачили інопланетян з планети Хемма, то вони нам здалися просто однаковими. З часом ми стали розрізняти різницю. І навіть запам'ятали кожного по імені.

Хемми – народ абсолютно нешкідливий, доброзичливий і мирний, який проводить багато часу в медитації.

Стало навіть цікаво і незвично з ними спілкуватися: ми щось їм розповідаємо, а вони потім доторкнуться – і ми бачимо в своїй уяві відповідь. Вони можуть таким же легким дотиком до когось прочитати його думки, потрібні їм.

Дивне спілкування з хеммамі: неначе сама з собою розмовляю, а потім відповідь випливає в моїй же голові!

Ми побудували величезну конструкцію, яка повинна була вміщати всіх охочих. У роботі були задіяні ми, корінні жителі цієї планети і хемми.

Ми справилися за декілька місяців. Залишилося відловити тварин і розмістити їх наперед на цьому судні порятунку. Зразки мікроорганізмів ми теж планували зібрати та заморозити на деякий час.

І назвали ми цю затію, скориставшись нашою культурою, - Ноїв ковчег.

Отже цілий рік ми присвятили роботі по порятунку себе та більшості видів на планеті-двійнику Земля.

По закінченню року всі вже знаходилися на Ноєвом ковчезі. Всі, окрім нас. Ми вирішили зустріти атаку на нашому космічному кораблі, намагаючись перешкодити цьому нападу метеоритів. Хемми зробили те ж саме. І, звичайно ж, всі наші нові тут створені космічні кораблі теж були задіяні в цій справі: всі до останнього піднялися в Космос в очікуванні трагедії.

Нам не довелося довго чекати. Метеоритний дощ з'явився рівно через рік, як передбачали хемми, але вже дуже раптово і на величезній швидкості.

Обстрілу повинна була піддатися та половина нашої планети, на якій ми бували дуже рідко. Наш Ноїв ковчег розташовувався на іншій половині земної кулі.

Побачивши, як рухається ця маса глиб до нашої планети, всі почали стрілянину по метеоритах, намагаючись перешкодити проникнути хоч би одному. Всі команди були віддані наперед, ще на ученіях-підготовки до цієї події. А зараз залишалося тільки, побачивши мету, - ліквідовувати щонайшвидше, точніше і якомога більше встигнувши захопити в долі секунд. Але деякі камені все одно прослизали крізь наш захист і потрапляли на поверхню Землі.

Це було страхітливе видовище: вибухи в Космосі, вибухи на поверхні, величезна кількість спалахів і осколків, що розлітаються від нашого стрічного удару. Час розтягнувся і застиг. Ми не відчували себе. А тільки бачили, як летять метеорити, а в них потрапляють наші снаряди, як деякі камінчики вмудряються проскочити крізь нашу оборону і... І роблять свою підступну справу.

Все закінчилося. Ми ще якийсь час протрималися в Космосі в очікуванні нового удару. Просканували небо: поки нічого не загрожувало нам. На щастя, нікого в Космосі не зачепило. Але ми прагнули розташовуватися далі від розрахованої траєкторії падіння метеоритів, щоб ні в один космічний корабель не потрапило знаряддя Космосу.

На Землі промайнув шквал цунамі. Були затоплені території, на яких раніше розташовувалося поселення, що притулило нас. Але люди залишилися живі. Завдяки споруді, що уберегла від біди. І, звичайно, без пророцтва наших гостей, добрих інопланетян, ми були б не готові врятувати всіх, хто цього потребував. Так, направивши телескоп в небо, ми б побачили рухомі глиби. Але нам би вистачило часу тільки на те, щоб сісти в космічні кораблі, стати на захист планети, відстрілюючись від природного явища – і все... Більше нічим ми б не допомогли мешканцям нашої планети.

Пил від зіткнення затьмарив атмосферу. Повітря стало сірим. Але у нас був план по прискореному очищенню. Ми створили спеціальні пилососи, які затримують і великі, і дрібні частинки. Пилососи автоматичні і працюють миттєво, здатні самі підніматися на будь-яку висоту та рухатися по заданій траєкторії, моделюючи можливі зіткнення з небесними мешканцями. А знайдене сміття автоматично при переповнюванні контейнера заривають в землю, не даючи йому знову піднятися в повітря.

Катастрофа спровокувала могутні землетруси. Із-за одного такого материки зробили величезний стрибок, помінявшись один з одним місцями. І знову могутні цунамі, як наслідок.

Але наші роботи старанно працювали – і результат був на обличчя.

Атмосфера очистилася швидко. Відповідно не було довгої холодної зими, оскільки через місяць сонячне світло вже могло спокійно проникати на поверхню Землі.

Всі були задоволені, що убереглися. І що так швидко змогли погрітися під теплими та ясними променями.

Коли вода зійшла, ми вийшли зі свого притулку.

На щастя, у нас помінялася тільки довгота. Добре, що не широта. Тому, клімат залишився той же.

Ми почали наново будувати своє місто.

Нового лиха хемми поки не передбачали. І взагалі вони пообіцяли, що в найближчі тисячі років все повинно бути добре.

- До речі, я читав, що піраміди відповідали сузір'ю Оріона в якомусь періоді, як би показуючи час повторення однієї і тієї ж катастрофи. Давайте і ми побудуємо свої піраміди. На цій планеті Земля наші піраміди будуть найпершими, – запропонував Аркадій. - І технології у нас є. Можемо створити рівні куби, при складанні яких не пройде жодне лезо.

- Згодні.

- Я не проти цього.

- Треба попросити допомоги у хеммов. У них теж дуже розвинені та цікаві технології. Та й ідеї які-небудь дадуть, як найкращим чином це зробити.

- ОК.

Розділ 37

Пройшло двадцять років з тієї миті, як впали метеорити на нашу другу Землю.

Нове місто миттєво було побудоване. І швидко розрослося.

Піраміди чекають свого завершення. Залишилося трохи. Було споруджено три піраміди, а розташовані вони були по подібності розташування зірок в сузір'ї Оріона на даний момент часу. Сузір'я трішки відрізнялося від того, в нашому Всесвіті, де ми народилися. Але трохи.

Ми обзавелися дітьми. У нас з Вадимом народилися два хлопчики і одна дівчинка. Дівчинка старша. Молодша (четверта дитина) була ось-ось на підході.

Аркадій з Тамарою стали батьками ще більшої сім'ї.

Наші корінні жителі планети Земля і прибульці (хемми) якимсь дивом створили декілька сімей. Отже з'явилася ще одна раса, щось середнє між людиною та хеммом. А від них – вже пішли інші градації: більше людського, небагато генетичного матеріалу від хеммов або навпаки.

Але всім добре. І спокійно. Затишок панує у всьому.

Тепер ось наша дочка та старший вже вибрали собі пару. І захотіли одружитися в один день.

Всі приготування виконані. Залишилося чекати настання цього знаменного дня. Син вибрав дівчину з корінних жителів цієї планети. Дочка придивилася старшому синові Аркадія і Тамари. Всі щасливі. Та всі чекають прекрасного майбутнього. Звичайно, ми до нього прагнемо. І робимо все, що в наших силах.

Хемми передбачають, що через тисячу років вся ця планета буде оббудована високими хмарочосами. Земля вся буде обжита. Але будинками майбутнього, нешкідливими, економічними та екологічно чистими.

І на скільки бачать в майбутнє хемми, вони показують, що з нашою Другою Землею (з цією планетою) все буде добре.

І більше ніякого метеорита. Навіть якщо і буде така небезпека, земляни створять тимчасовий магнітний щит, який зруйнує все, що потрапить в нього, роздрібнить на пил всю можливу загрозу.

Епілог

Ми шукали дім. Свій власний дім, де можна спокійно розслабитися, відчути себе захищеними та прийнятими. Ми пройшли багато доріг. Вибирали планети. Оглядалися. Примірялися. Намагалися почати нове життя. Прагнули максимально пристосуватися.

А новий дім виявився нашим давно покинутим домом. Кращого, ніж наш старий затишний дім – не знайти. Краще за нашу планету, ми переконалися, ми не знайшли.

Нам повезло, страшно повезло, що ми якимсь дивом знайшли тунель в інше вимірювання. І там пробували щастя. І знайшли те, що шукали.

Віриш – рухаєшся у напрямі віри. Не віриш – тоді навіть і не намагаєшся. Відповідно, нічого не отримуєш в здійсненні мрії.

Мрієш, віриш в її реалізацію, тоді робиш кроки. Хай крихкі, може такими будуть тільки перші. Але потім з'являється можливість зробити крок більше. І ти виходиш на нові горизонти. І бачиш там нові можливості для здійснення цієї мрії. Не віриш – не пробуватимеш. І не побачиш заховану можливість, на яку міг би натрапити.

Треба мріяти. Треба вірити. Але треба і діяти. Треба розкидати свої мережі для лову можливостей в різні боки. І де-небудь – та проклювуватиметься. Ми самі створимо ці шанси або після наших дій вони прийдуть через інших людей – ми не знаємо, звідки чекати. Але треба діяти. З вірою в серці. Намагатися різними шляхами. А десь – та і вийти.

Ризик – це складне і нестійке твоє положення. Нестабільно. Але не спробувавши, не дізнаєшся. Іноді ризик шкодить. Буває дуже. Але іноді ця шкода здається такою спочатку. А потім виявляється, що вона випрямила всі хвилясті дороги, перетворивши їх на одну пряму, що сполучає тебе з твоїм здійсненням мрії.

Отже. Ми знайшли дім, який шукали. І це опинилася наша улюблена планета. Наша рідна, мила. Тільки ще не змучена нами самими. Зовсім юна і відкрита. Земля, що не знає нашого грубого відношення.

Дай Бог, ніколи їй цього не дізнатися і ніколи не відчути нашого свинства і беззаконня!

Танцюй, кружляйся, планета, в зоряному танці навколо свого світла.

Живи і процвітай! І будь улюблена всіма твоїми мешканцями!

Та й храніма, як найголовніший скарб цього всесвіту!

Кінець.

Made in the USA
Charleston, SC
09 March 2016